KB154193

광기의 시대

광기의 시대

비굴의 시간을 위한 기록

01101010011
10010101110
00110110110
01101110001
10100111001
00110110110

정기애 지음
(전 국가기록원 기록정책부장)

기파랑

사회를 이끌 현자(賢者)들은 매도되고 신념을 잃어가며

점차 사라져가고 있다. (…)

우리는 잠시 반짝였던 한국 문명의 전성시대를

그리워하는 신세로 전락할지도 모른다.

문명의 성장을 가져온 근본적인 이유를 모르고

이해하지 못하는 집단엔 당연한 귀결일지도 모르니 (…)

—강규형, "광기의 시대, 한국 문명의 쇠락?", 조선일보 2017. 1. 25

비굴의 시간을 위한 변명

2021년 4월, 40년 가까운 직장 생활을 드디어 마감했습니다. 돌아보면 인생의 반 이상을 쏟아부었던 시간인데, 그 시간 속에 박혀 있는 좌절과 고통 그리고 보람까지도 막상 지나고 보니 한 줌의 모래만큼이나 작게 느껴집니다. 내가 하는 일에 의미를 부여하여 가치 있는 일이라 우기며 나름대로 최선을 다했다고 생각하지만, 모든 게 그저 나 자신을 위한 것이었을 뿐인 듯합니다. 특히 지난 6년간의 공무원 생활은 더욱 그랬습니다.

2015년 4월 '어쩌다 공무원(어공)'이 되었습니다. 신도 부러워한다는 공기업의 임원직을 용감하게 내던지고 연봉을 적지 않게 깎여 가며 임시직 어공이 된 것은 나라의 '고위공무원'이 가문의 영광이라는 주변 사람들의 말에 고무되기도 했고, 국가를 위해 일할 수 있는 기회가 누구에게나 오는 건 아니라는 허세도 한몫했습니다.

그러나 말이 좋아 고위공무원이지, 짧은 임기에 실제 권한은 없고 책임만 있는 개방직 공무원이 할 수 있는 일은 별로 없습니다. 그저 '늘 공무원(늘공)'이 익숙하게 해치우는 일에 매달려 그들 이상으로 해내야 한다는 부담감으로 동분서주하다 보면 어느새 임기가 끝납니다.

민간 전문가를 개방직 공무원으로 뽑는 목적이 민간의 경험을 공공 시스템에 반영하기 위함이라고 하지만 그저 말이 그렇다는 것이고, 정부라는 거대한 메커니즘과 늘 그 자리에 있는 늘공들 속에서 임시직 공무원이 감히 민간의 철학과 방식을 들이대기도 어렵고, 또 섣불리 적용한다고 해도 결과가 좋을 것이라는 보장이 없습니다.

그렇게 어설프게 시작한 어공 생활이었지만, 대통령 탄핵 사태와 온 나라에 불어닥친 적폐 청산의 광풍 속에서도 오랜 조직 생활에서 터득한 생존력으로 버텨 내고 결국 기관을 옮겨 가며 살아남아 무사히 임기를 마쳤습니다. 세상이 코로나 등 이런저런 위기를 겪는 동안 정부라는 울타리 안에서 공무원 신분으로 보호받으며 살아온 것은 개인적으로 행운이었고 감사한 일입니다.

하지만 격동의 시기에, 더구나 이념이 다르고 정책 방향이 다른 2개의 정부에서 추풍낙엽 같은 어공 나부랭이가 임기를 무사히 마쳤다는 것은 그만큼 변화에 재빠르게 처신하며 처세의 달인으로 살았다는 뜻입니다. 해야 할 말을 하지 않고 불합리와 맞서지 않으면서 얻은 것은 얼마의 경제적 소득과 한시적 신분 보장입니다. 그러나 비굴의 시간에도 나름의 고뇌와 갈등은 있었습니다. 이 글은 공무원 초기의 꿈과 포부를 내려놓고 그저 살아남는 것에 목표를 두고 살아온 시간 동안의 고군분투기이고 스스로를 위한 변명의 기록들입니다.

광장에 모여든 촛불의 힘으로 대통령이 탄핵당하고, '사람이 먼저'라는 구호와 함께 시작된 적폐 청산의 광풍으로 수많은 사람이 조사받고 구속되었습니다. 그러나 막상 촛불혁명이 휩쓸고 지나간 세상에서는 부동산 가격 폭등과 세금 폭탄으로 인해 가난한 사람들은 더 가난해지고 집 없는 사람들의 내 집 마련의 꿈은 더욱 멀어졌습니다. 촛불 정부는 '법치' 대신 '정의'라는 말을 앞세우고 유난히 '공감'을 강조했지만, 이제 정의는 허무한 구호 이상의 의미가 없고, 법치가 물러간 세상에서 공감은 다른 사람의 공감하는 방식까지 결정하려 듭니다.

최근 전 국민의 80퍼센트 이상이 백신을 맞았는데 코로나 확진자는 오히려 늘어난다고 하고, 더 아이러니한 것은 코로나 확진자 중 대부분이 백신을 맞은 사람이라고 합니다. 이는 백신이 증상을 완화하는 데는 효과가 있더라도 전염을 막는 데는 그다지 효과가 없는 것으로 해석할 수 있습니다. 하지만 정부는 '백신 패스'로 백신 접종자와 미접종자를 구분하며 미접종자는 식당에서 '혼밥'을 하라고 하더니 이제는 아예 출입 자체를 막는다고 합니다. 백화점 인원은 통제가 없는데 교회는 예배당에 들어오는 신자들의 수를 헤아려야 합니다. 바이러스에 대한 공포 앞에서 '다른 사람의 안전을 위해서'라는 구호는 각 개인의 신체적 결정권은 물론이고 신앙과 예배의 자유까지도 무색하게 만듭니다. 광화문광장에서 한 사람의 생명도 귀중하다고 외치던 사람들이 정부 고위공직자 자리로 들어가서는 백신을 맞고 사망한 사람들의 생명에는 관심이 없고 그저 거리두기 지침 만들기에 열심입니다.

코로나 팬데믹에 대한 공포로 우리의 일상은 갈수록 피폐해져 갑니다. 집 앞 산책길에서조차 마스크를 써야 하는 시대에 우리는 점점

자의식이 없는 것처럼 오로지 생존만을 위해 살아가는 것 같습니다. 안 그래도 고해(苦海)를 살아가는 우리의 삶에서 코로나는 다른 사람의 고통이나 진실의 가치에 더 이상 마음 쓸 여유를 갖지 못하게 만듭니다.

요즘 좀비 드라마나 영화가 유행입니다. 멀쩡했던 사람들이 어느 날 갑자기 좀비가 되어 이리저리 몰려다니며 살아 있는 사람만 보면 자신들과 같은 좀비로 만들어 버린다는, 대부분 비슷한 줄거리입니다. 좀비들은 살아 있는 것처럼 보이지만 그저 생존 본능만 있을 뿐 자의식도 없고 무엇이 중요한지 가치 판단을 하지 않습니다.

광기는 앞뒤 맥락이 끊긴 상태입니다. 원인, 과정, 결과의 맥락을 따지는 능력은 좀비와 사람을 구분하는 기준이 됩니다. 인류 역사에는 때때로 '광기의 시간들'이 있었습니다. 합리적이고 똑똑해 보이는 독일 국민은 히틀러를 지도자로 뽑아 세계와 전쟁을 벌이고, 유대인을 구분해서 통제를 시작하더니 결국 600만 명의 사람들을 가스실로 보냈습니다. 스탈린과 마오쩌둥은 모든 인간이 평등하다는 논리를 내세우면서 이념과 사상으로 사람을 구분하고, 자신들의 이념에 동조하지 않는 수많은 사람을 죽음과 공포로 몰아넣었습니다.

결과가 잘못되었다면 과정 어딘가에서 잘못된 선택이 있었다는 뜻입니다. 잘못된 선택은 무엇이 중요한지 생각하지 않고 맥락을 모르는 것에 기인합니다. 다행스럽게도 민주주의 국가는 잘못된 선택과 시행착오를 바로잡을 선거라는 제도가 있습니다. 선거를 통해 리더를 교체하고 각기 다른 이념과 정책을 가진 정당 중에서 선택할 권한이 국민에게 주어집니다. 올바른 선택은 공동체가 가진 역량에 의해 결정되고, 역량은 나라의 핵심 가치가 무엇인지 아는 일에서 시작됩니다.

국가라는 공동체의 핵심 가치는 헌법에 담겨 있습니다. 국가공동체가 추구하는 헌법의 정신을 무시하고 국민의 삶보다 자신들의 이해관계가 우선이 되면 배트맨 영화에 나오는 '고담'시의 '조커'와 같은 사람을 대통령 후보로 세우기도 하고, 이념과 철학이 다른 듯 보이는 사람이 대표가 되어 핵심 가치 대신 '핵관(핵심 관계자)' 논란으로 종일 소란을 피우기도 합니다. 핵심 가치와 맥락을 잃어버린 공동체에서는 제도와 원칙이 더 이상 힘을 발휘하지 못합니다.

인터넷과 미디어의 발달 덕분에 우리는 정보의 바다에서 살게 되었습니다. 그러나 이상하게도 예전보다 세상은 더 어둡고 불투명합니다. 유튜브의 '가짜 뉴스'를 조롱하면서 '팩트 체크'를 내세우는 공영 미디어는 자신이 정론이라 우기며 사람들의 생각을 조종하려 하지만, 정작 그들이 전하는 소식만으로는 해석되지 않는 일이 점점 많아지고 있습니다.

최근 중국 관영 매체에서 "미국 정부가 '우한 바이러스연구소에서 코로나 바이러스가 시작됐다'는 가설을 조사하도록 세계보건기구(WHO)에 압력을 가했다"고 한 '윌슨 에드워즈'라는 스위스 과학자의 주장을 대대적으로 보도했습니다. WHO를 정치 도구화하는 것은 중국이 아니라 미국이라는 취지의 기사인데, 문제는 그들이 내세운 '윌슨 에드워즈'라는 인물은 실존 인물이 아니라 중국 정부가 만들어 낸

가공의 인물이라는 것입니다. 국가가 자신의 정당성을 내세우기 위해 가상의 과학자도 만들어 내는 시대입니다. '진실'과 '가치'가 무엇인지 의미를 상실하고, 앞뒤가 맞지 않는 일들이 쌓이면서 우리는 점점 광기의 세상에 익숙해져 갑니다.

그런가 하면 '메타버스'라는 용어가 새로 등장했습니다. 물리적 공간과 가상의 공간이 구분되지 않는 세상이 곧 현실이 될 수 있다는 뜻입니다. 새로운 디지털 시대에는 과거와 다른 관점과 새로운 환경을 이해할 수 있는 역량이 요구되고, 새로운 법과 제도가 필요합니다. 디지털 시대의 새로운 사회구조와 생활양식은 기존의 법과 제도와 상식으로는 대처하기 어렵기 때문입니다. 그런데 우리 사회의 물리적 인프라는 디지털 시대로 빠르게 전환해서 세계적인 인터넷 강국이라 자부하지만, 정작 그에 걸맞은 법과 제도와 문화 그리고 정신은 준비하지 못한 채 새로운 세상으로 뛰어들었습니다. 새로운 세상을 대비하고 그에 맞는 법과 제도를 갖추지 못한 것은 결국 정부와 공공의 책임이 큽니다.

사실 어공 생활에서 가장 당황스러웠던 것은 생각보다 허술한 정부 시스템에 적응하는 일이었습니다. 공무원들의 주 업무 중 하나는 법을 제·개정하는 일입니다. 법령 제·개정의 가장 중요한 기준은 헌법일 것입니다. 그러나 현재 정부 시스템과 공무원들의 일하는 방식에 헌법의 철학과 원칙이 얼마나 잘 반영되어 있는지 의구심이 듭니다. 오늘날 헌법과 따로 노는 법령들이 많은 것도 바로 이 때문일 것입니다. 기준 없이 만들어진 법령은 모호한 정책들을 양산하고, 모호한 정책은 무모한 예산을 만들어 냅니다. 허술한 법과 제도로 만들어 내는 정부의 정책들을 더 이상 신뢰하기 어렵게 되면 공동체는 맥락을 잊어버리게 됩니다. 지금 우리 사회가 겪고 있는 소란과 갈등은 바로 그런 부실한 제도와 허술한 정부의 역량에 기인합니다.

더 큰 문제는 정부와 공무원들의 시행착오와 잘못된 결정에 대해 사후에라도 책임을 물을 길이 없다는 것입니다. 우리 사회에는 소위 '설명 책임성(accountability)'이라고 하는 제도가 딱히 보이지 않습니다. 그래서 민간 기업이든 공무원이든 일이 생기면 자신들의 흔적을 지우기 위해 대놓고 기록 삭제에 들어갑니다. 과거 세월호 사건에 관련되었던 청해진해운이라는 기업이 그랬고, 최근에는 산업통상자원부 어느 공무원이 탈원전 기록을 폐기하고는 "신내림을 받았다"고 둘러댑니다. 설명할 책임이 없으면 기록을 남길 이유도 없어집니다. '책임이 없으니 기록도 없다(No accountability, no records)'—바로 우리 사회의 현실입니다.

성경의 위대한 사도이자 전도자였던 바울은 자신을 비롯해 '사람' 속에는 '선한 것'이 없다고 말합니다. 문제는 그 선한 것이라곤 없는 우리 인간에게 무한대의 능력을 갖춘 디지털 기술이 주어진 것입니다. 디지털은 탐하고 속이며 해치는 인간의 본능을 아름다운 영상과 현란한 이미지로 덮으며 광기의 세상을 지탱해 줍니다.

최근에 〈돈룩업(Don't Look Up)〉이라는 영화를 봤습니다. 힘을 가진 정부와 주류 미디어가 제 역할을 못 하고 사람들이 저마다의 주장만 하면서 진리와 진실에 관심을 가지지 않을 때, 어떻게 세상의 종말이 오는지 잘 표현한 영화입니다. 영화에서처럼 어느 시대든 힘을 가진 자들은 "쳐다보지 마(Don't look up)"를 외치며 진실을 왜곡하고 가리려 합니다. 그러나 세상 한편에는 진실과 문제의 본질을 "쳐다보라(Look up)"고 외치는 소수의 사람들이 있습니다.

지금 우리 사회에도 자유와 진실을 찾아 기꺼이 자기 삶을 던지는 용기 있는 사람들이 있습니다. 이 책은 '극우'와 '미친 사람'을 자처하면서 숨겨진 진실을 찾아내고 밝히기 위해 힘겨운 싸움을 해 나가는 그분들을 위한 작은 응원입니다. 동시에 비굴한 일상에서 크게 벗어나지 못하는 저 자신을 위한 변명의 기록입니다.

'어쩌다 공무원'으로 6년간 일하면서 일기처럼 써 놓았던 글들을 모아 지금 시점으로 다시 편집해 놓고 보니 중복된 내용도 있고 많은 부분 어설프기 짝이 없습니다. 많은 사람이 불편해 하고 말하기 꺼리는 주제들을 다루는 것이 여전히 부담스럽기도 합니다. 그럼에도 책을 내기로 작정한 것은 퇴직 후 40년 가까이 묶여 있던 소속감과 책임감에서 자유로워졌기 때문일 것입니다. 무엇보다 이 시대를 살아가고 있는 한 사람의 기록 전문가로서 우리 사회의 여러 가지 갈등과 상식을 벗어난 현상들을 '기록'이라는 관점에서 바라보고 싶었고, 민간에서 30년 넘게 일한 경험을 토대로 6년간 공무원으로 일하면서 겪은 정부 시스템에 대해 솔직한 소회를 말하고 싶었습니다.

논리도 없이 번민만 늘어놓은 막글들을 책으로 내 보라고 용기를 주신 강규형 교수님과 주변 친구들에게 감사합니다. 그리고 마누라의 오지랖 넓은 세상 걱정에 공감해 주고 두서없는 문장들을 고르게 정리해 준 평생 동지인 남편과, 글 내용을 걱정하며 순화시켜 준 엄마와 우리 집 아이들에게 감사와 사랑을 전합니다. 여전히 논리도 거칠고 미흡한 글을 책으로 낼 수 있도록 도와주신 도서출판 기파랑 안병훈 대표님, 박정자 주간님과 편집을 맡아 준 김세중 위원과 편집팀에게 깊이 감사드립니다. 마지막으로 지극히 이기적이고 늘 허세와 욕심으로 마음을 채우고 살아가는 제게 새벽마다 세상이 왜 이런지 고민하며 깨어 있게 하신, 그리고 결국엔 이런 '광기의 세상'을 바로잡으실 하나님께 감사와 영광을 돌립니다.

2022년 1월
용인 성복동에서

차례

제2부

세상이 이상하거나, 내가 미쳤거나

덧붙이는 글

진실은 기록에서 나온다

추천의 글

제1부

미친 세상
이해하는 척하기

그 옛날 바벨탑이 우리의 소통을 중단시켰듯, 디지털 바벨탑이 지배하는 세상에서는 거짓과 진실의 구분이 사라지고 진실은 더 이상 공짜가 아닙니다. 숨겨진 진실을 찾기 위해 우리는 필요한 분량의 지식이 있어야 하고, '과연 그러한가…'의 마음으로 진실을 추구하는 열정이 있어야 합니다. 진실이 사라진 바벨탑 세상에서는 음모론과 뒷이야기가 세상을 지탱하며 새로운 암흑시대를 예고합니다.

1
테스 형은 절대 모른다

움베르토 에코는 왜?

백내장 수술을 받고 나서 경과를 확인하기 위해 안과병원에 갔다가 그 건물 안에 있는 대형 서점을 찾았습니다. 오랜만에 간 서점은 코로나 탓인지 예전과 달리 한산하고 적막했습니다. 서점 내 여기저기 돌아다니다가 아직 회복되지 않은 흐릿한 시야 속으로 번쩍하고 들어오는 책이 있었습니다. 움베르토 에코의 『미친 세상을 이해하는 척하는 방법』이라는 다소 긴 제목의 책이었습니다. 30년도 더 전에 그의 소설 『장미의 이름』을 읽은 이후 움베르토 에코의 팬을 자처하기도 했는데, '미친 세상'이라는 다소 과격해 보이는 책 제목의 문구에서 한동안 못 풀던 문제의 정답을 본 듯했습니다.

이 책은 움베르토 에코가 2008년부터 2015년 사이에 쓴 짤막한 단문들을 모아 놓은 책입니다. 책 속의 단문들 속에는 이상하게 돌아가는 세상에 대한 문제의식과 그의 고민의 흔적들이 들어 있습니다. 기존의 상식으로 해석되지 않는 사회적 이슈들에 대해 작가 특유의 위트 어린 해석을 곁들이고 있기는 하지만, 번역자도 그런 해석을 토대로 '미친 세상 이해하는 척하는 방법'이라는 다소 파격적인 제목을 달았습니다.

움베르토 에코는 이탈리아의 천재적인 기호학자, 미학자, 언어학자, 철학자, 소설가, 역사학자라는 '넘사벽' 이력을 가진 사람입니다. 아무튼 그런 천재 학자의 눈에도 '미친 세상'으로 보였다면, 세상이 이상하다고 느끼는 내가 미친 건 분명 아니니 그나마 안도가 됩니다. 그리고 얼마 전 어느 유명한 가수의 "테스 형, 세상이 왜 이래?"라는 푸념에 사람들이 열광한 것은 나와 같은 생각을 하는 사람들이 많다는 뜻일 겁니다.

몇 년 전 '어금니 아빠'라는 사람의 이야기로 온 사회가 떠들썩한 적이 있습니다. 백악종이라고 하는 희귀병을 앓는 자신과 딸을 위해 고군분투하는 아빠의 이야기를 담은 『어금니 아빠의 행복』이라는 제목의 책을 통해 세상에 알려졌던 사람인데, 그런 사람이 중학생 딸의 친구를 성추행하고 살해했다는 소식이었습니다. 그 사람에게 딸아이가 죽었다는 것도 모르고 사라진 딸을 찾기 위해 애간장을 태웠던 아이 부모의 슬픔은 많은 사람들을 안타깝게 했습니다.

이 사건이 많은 사람들에게 충격과 분노를 안겨 준 또 하나의 이유는 범인의 이중성과 위선입니다. 사실 우리 인간의 이중성과 위선은 이 시대의 새삼스러운 문제는 아닙니다. 아담의 원죄에서 비롯된 인간의 이중성은 인간의 본성으로 자리 잡으면서 수많은 시행착오의 흔적들을 남겨 왔고, 그로 인해 우리는 여전히 저마다 삶의 무게를 지고 살아가고 있기 때문입니다. 그런데도 세상이 완전히 망가지지 않고 그럭저럭 버텨 온 것은 각자 살아 내야 할 삶의 무게를 함께 지고 가기 위해 그나마 공동체가 정한 가치와 기준에 공감하고 따랐기 때문이 아닐까 생각합니다.

문제는, 언젠가부터 인간의 이중성이 개인의 차원이 아니라 사회전반의 구조적, 문화적 패턴으로 굳게 자리 잡아 가고 있다는 것입니다. 세상은 언제나 사건, 사고가 끊이지 않았고, 그런 사건들이 있을 때마다 우리의 안타까움과 분노는 늘 있었습니다. 사실 인간의 분노와 슬픔은 인류 보편의 가치에 대한 공감을 토대로 합니다. 그 가치는 인간의 존엄성, 자유, 평등이고, 이런 가치가 훼손될 때 사람들은 분노하고 슬퍼하면서, 그리고 그 가치를 바로잡기 위해 함께 노력하고 서로 격려하면서 살아왔습니다. 그런데 언젠가부터 세상이 분노하고 슬퍼하는 대상과 기준이 바뀌었는지, 아니면 분노와 슬픔을 표현하는 방식이 바뀌었는지, 우리는 분노할 일에 더 이상 분노하지 않고, 슬퍼할 일에 더 이상 슬퍼하지 않는 것처럼 보입니다. 더 정확히 표현하면 세상은 여전히 분노할 일과 슬픈 일들로 넘쳐나는데, 사람들은 마치 단기기억상실증에 걸린 것처럼 분노도 잠깐, 슬픔도 잠깐이면 잊고 맥락을 잃어버린 사람들처럼 살아갑니다.

맥락 없는 우리 사회의 단면은 인터넷에 들어가면 이곳저곳에 퍼져 있습니다. 어금니 아빠 사건 관련 내용을 담은 당시 모 기독교 일간지의 인터넷 기사의 화면 구성은 가히 충격적입니다. 어금니 아빠 사건을 통해 범인의 이중적인 행적을 조목조목 비판하는 내용 바로 옆에 포르노의 장면들을 연상케 하는 여성들의 선정적인 사진을 내건 광고들이 즐비하게 배치되어 있습니다. 사람들은 어금니 아빠 사건 기사를 읽으면서 혀를 차기도 하고 분노의 댓글에 참여합니다. 그리고 또 한편으로는 기사 옆에 배치된 야한 사진의 광고를 클릭하려는 욕망(?)에 사로잡힌 자신을 발견하게 됩니다.

이런 모습은 비단 그 기독교 신문에서만 보는 현상은 아닙니다. 우리나라 굴지의 역사와 전통을 자랑하는 주요 일간지이든 이름 없는 인터넷 신문이든, 뉴스 기사 하나만 열고 들어가면 언론사 사이트인지 포르노 사이트인지 분간이 안 되는 장면들이 튀어나오는 현상은 마찬가지입니다. TV 방송도 유사합니다. 아프리카의 굶어 죽어 가는 아이들에 대한 소식을 전하는 뉴스가 끝남과 동시에 바로 세련된 고급 자동차와 화장품 광고가 튀어나옵니다. 그런 세상에서 살아가는 우리는 '분노'와 '슬픔'에서 '기쁨'과 '즐거움'으로 순간이동하는 능력을 저절로 체득해 가고 있습니다. 사회 이곳저곳에는 '공감'과 '배려'라는 말이 그 어느 때보다 넘쳐 납니다. 정당과 기관들, 연예인들까지 '공정'과 '정의'를 내세우지만, 세상은 그런 구호와는 반대로 흘러가는 듯 잔인한 소식과 이상한 일들은 갈수록 많아집니다.

사실 인간의 이중성과 잔인성은 이미 오래된 역사입니다. 옛날 로마 시대에 콜로세움에 사람을 사자와 한데 몰아넣고 싸우게 하며 즐긴 로마 시민들이 그랬고, 신앙을 앞세워 멀쩡한 사람에게 마녀라는 올가미를 씌워(그런데, 왜 '마녀'만 그다지도 많았을까요!) 불태워 죽인 중세 사람들이 그랬습니다. 지금도 우리는 나와 다른 생각을 가진 사람들을 함부로 정죄하고, 내가 아닌 저들이 무지하기 때문이라고 손가락질하며 공격합니다. 결국 인간의 존엄성이나 "사람이 먼저"라는 구호 같은 건 애초부터 장식에 불과한 건지도 모릅니다. 그리고 예측 불허의 '미친 세상'은 미디어와 디지털 기술을 통해 우리의 이중성과 위선에 정당성까지 부여하고 있습니다.

최근에 넷플릭스에서 유행한 〈오징어 게임〉의 대사가 생각납니다. 이제라도 미디어와 디지털에 대한 몰입을 멈추고 각성하지 않으면 드라마 대사처럼 "우리 모두 이러다 다 죽어!"와 같은 상황이 닥칠지도 모릅니다. 모두가 무언가를 위해 열심히 달려가지만 정작 움베르토 에코처럼 '미친 세상'을 제대로 이해하기 위해 각성하지 않으면 정말 어느 날 문득 세상의 종말이 이미 우리 코앞에 닥쳐와 있다 해도 전혀 이상한 일이 아닐 겁니다.

새로운 암흑시대
—디지털과 바벨탑

'암흑시대'는 문화가 암흑으로 사라진 시대로서, '문화'라는 말에서 알 수 있듯이 단순히 전쟁이 일어나고 살기 힘든 시대를 의미하는 말은 아니다. 당시의 세태가 매우 암울했기 때문인 것도 있지만, '암흑'이라는 단어가 붙은 가장 큰 이유는 바로 기록이 없어져서 당시에 대해 연구하기가 매우 힘든 시기라는 것이다. (나무위키)

기술의 발달은 인류에게 수많은 유익을 가져다주었습니다. 특히 IT 기술 발전에 의한 디지털 문명이 우리에게 미친 변화는 아마도 인류사에서 가장 획기적일 것입니다. 디지털 기술이 보편화되기 전에 정보는 특정 그룹의 전유물이었습니다. 하지만 지금 우리는 과하다 싶을 만큼 정보가 넘쳐 나는 시대에 살고 있습니다.

그러나 이 세상의 모든 것은 양면을 가지고 있듯이, 디지털 문명 역시 그 유익만큼이나 문제점도 많다는 것을 아는 사람들은 많지 않습니다. 이제 디지털 문명은 새로운 암흑시대를 예고하고 있습니다.

아이러니하게도 디지털의 어두움은 디지털의 무한한 능력과 고유한 특성에서 비롯됩니다.

첫째, 디지털은 무한 복사와 복제가 가능합니다. 디지털 정보의 재생산 능력은 인류 발전에 엄청나게 기여했지만 유용한 정보와 쓰레기(garbage) 정보의 구분을 어렵게 만들었습니다. 헤아릴 수 없을 정도로 많다는 것은 원하는 것을 찾기 어려워 실상 없는 것이나 마찬가지이며, 너무 많다는 것은 아이러니하게도 그만큼 효용가치가 떨어진다는 뜻입니다.

둘째, 디지털 정보는 쉽게 사라집니다. 디지털 기기와 프로그램이 한 단계 발전할 때마다 그 이전 버전에서 만들어진 파일이나 어플리케이션(앱)은 읽거나 활용할 수 있는 확률이 현격히 낮아집니다. 기기의 환경이 달라지거나 프로그램과 솔루션의 로직과 코딩이 바뀌면 호환성이 사라지기 때문입니다. 설사 호환이 된다고 하더라도 디지털 정보는 쉽게 손상됩니다. 그래서 디지털 세상에서는 굳이 삭제 키를 누르지 않아도 우리의 어두운 행적이 담긴 기록이 오랫동안 남아 있을 가능성은 별로 없습니다. 사람들이 스마트폰이나 디지털 카메라로 열심히 자신의 기록을 남기지만 10년 후, 20년 후에도 그 영상을 볼 수 있을지는 장담하지 못합니다. 역사가 좀 오래된 기관에서는 이미 데이터가 사라졌거나 읽을 수 없게 된 기록들을 가지고 고민하는 사례가 생각보다 많을 것입니다. 적지 않은 기관에서 중요한 기록의 보존을 위해 굳이 종이와 마이크로필름 등 아날로그 매체를 고수하는 것은 이 때문입니다. 100년 후 『조선왕조실록』은 여전히 볼 수 있어도 대한민국의 전자정부 기록은 보지 못할 가능성이 큽니다.

셋째, 디지털이 가진 뛰어난 편집 능력은 진실을 왜곡하는 데 유용합니다. 디지털 편집 기능은 원래의 것을 변경하고 비틀어서 완전히 새로운 것을 만들어 낼 수 있고, 우리가 보고 듣는 현실의 세상과 전혀 다른 세상을 보여 줄 수 있습니다. 디지털 사진 한 장으로 슬픈 것을 기쁘게 표현하고, 영상 한 컷으로 악한 것을 선한 것으로 바꿀 수 있습니다. 그래서 디지털이 보여 주는 이면에는 이중성이 내포되어 있다는 것을 반드시 기억해야 합니다.

디지털 편집 기능이 갖는 더 큰 문제는 정보의 진본성(authenticity)[1]
과 무결성(integrity)[2]이 치명적으로 손상될 수 있다는 것입니다. 오늘
날 디지털 세상에서는 정보의 진본성과 무결성이 보장되지 못하면 거
짓과 진실의 구분이 어려워지게 됩니다. 거짓과 진실이 구분되지 않으
면, 진실은 더 이상 세상에 존재하지 않는 것과 같습니다. 그래서 디지
털 세상에서는 진실이 숨겨지고 사실이 왜곡되며 거짓이 진실로 호도
되는 일이 너무나 쉽게 일어나게 됩니다.

넷째, 디지털의 감성 능력입니다. 우리는 본능적으로 이성보다 감
성에 더 빨리 반응합니다. 소리와 이미지 그리고 영상으로 전달되는
메시지는 순식간에 우리의 감성을 자극하지만, 길고 따분한 텍스트의

---

1 기록의 물리적 특징, 구조, 내용과 맥락 등을 포함하여 내적·외적 증거로부터 추론할
   수 있는 기록의 품질로서, 어떤 기록이 위조되지 않은 원래 그대로의 것이며 훼손된 바
   없는 상태임을 지칭하는 용어이다. 국제기록관리표준 ISO 15489는 신뢰성·무결성·가
   용성과 함께 진본성을 기록이 갖추어야 할 기본적 속성으로 정의하고 있다. 그러나 진
   본성에 더 포괄적인 의미를 부여하는 사람들도 있다. 즉, 가용성, 해독 가능성, 무결성
   등을 아우르는 광범위한 개념으로 진본성을 정의하고, 기록이 본질적으로 갖추어야 할
   가장 기본적인 조건으로 파악하기도 한다(한국기록학회, 『기록학 용어 사전』, 역사비
   평사, 2008, 237쪽).

2 데이터 및 네트워크 보안에서 특정 정보가 인가된 사람만이 접근 또는 변경이 가능하
   고, 데이터 전송시 타인에 의해 해당 데이터가 위·변조되지 않았다는 것을 보장하는 것.
   일반적으로 데이터 무결성 보호는 인가된 관리자만의 서버 접근, 전송 선로 관리, 서
   지 및 전자적 충격으로부터 하드웨어 및 저장 장치의 보호, 전송 정보의 변경 검출 메
   커니즘 등을 통해 이루어진다. 사용자 인증 수준 유지, 시스템 관리 절차, 유지 보수 지
   침 문서화, 장애 및 외부 공격에 대비한 복구 대책 수립 등 관리 대책과 적절한 무결성
   보장 메커니즘 등의 기술적 대책이 필요하다(한국정보통신기술협회, 『IT용어사전』, 네
   이버 지식백과 재인용).

맥락을 읽어 내는 일은 언제나 감성보다 느릴 수밖에 없습니다. 디지털 기술은 점점 더 대담하고 노골적으로 우리의 오감을 자극하면서 자신의 능력을 키워 가고 있습니다. 그러나 디지털이 보여 주는 화려하고 때로는 너무나 따뜻한 영상 이면에는 무수한 0과 1의 비트 데이터가 무심하고 차가운 모습으로 흘러 다니고 있다는 것을 우리는 인식하지 않습니다. 거짓도 그럴싸한 모습으로 보이게 하는 편집 기술과 대량의 복제 그리고 빛의 속도를 자랑하는 통신 수단은 사람들의 감정과 머리를 쉽게 지배합니다.

디지털의 감성 능력은 쉽게 사람들을 결집시킵니다. 디지털은 사람의 감성을 움직이고 그 힘은 사람들을 쉽게 결집시키고 '프레임'을 만듭니다. 특히 편향된 생각들이 모이면 잘못된 프레임이 만들어지고, 잘못된 프레임은 보통 사람들의 상식을 넘는 무모한 사회를 만듭니다.

사람들은 디지털 덕분에 세상이 더 투명해졌다고 말하지만, 그 투명성이 디지털 능력자들의 의도에 따라 선택적으로 적용될 수 있다는 것은 간과합니다. 그래서 지금 우리가 사는 세상에선 웬만한 지력과 노력으로는 진실을 찾기가 너무나 어려워지고, 사람들의 확증 편향(confirmation bias)[3]은 더욱 심화해 갑니다. 무엇이 진실인지 구분하기 어렵게 되면 사람들은 자신이 원하는 소리에만 몰입하게 됩니다. 거짓이 사회 전반의 패턴으로 자리를 잡아 가고, 결국 힘을 가진 사람들

---

3 선입관을 뒷받침하는 근거만 수용하고, 자신에게 유리한 정보만 선택적으로 수집하는 것. 자기가 보고 싶은 것만 보고 믿고 싶은 것만 믿는 현상인데, 정보의 객관성과는 상관없다(네이버 지식백과).

은 더욱 강해지고 견고해집니다. 거짓은 주로 힘을 가진 쪽에서 유리하게 사용하는 도구이기 때문입니다.

움베르토 에코의 『장미의 이름』은 1980년에 출판된, 중세 수도원을 배경으로 한 추리소설입니다. 이탈리아의 한 수도원에서 일어난 의문의 살인사건을 해결해 나가는 과정을 통해 14세기 유럽의 신학과 철학 등 고전에 나타난 사람들의 인식과 문화 그리고 그 당시의 암울한 역사를 잘 묘사하고 있습니다. 특히 이 책에 나오는 '호르헤'라는 늙은 수도사가 이야기의 핵심 인물입니다. 그는 40여 년 동안 수도원의 주인 행세를 하면서 금지된 서책에 수도사들이 접근하는 것을 막기 위해 살인도 불사하는 사람입니다. 소설은 그 호르헤라는 늙은 수도사를 통해 종교적 편견과 독선이 얼마나 무서운지, 그리고 이런 어두운 시대에도 진실에 대한 인간의 열망과 자유에 대한 인간의 의지가 얼마나 강한지를 보여 줍니다. 호르헤는 지금 우리 시대에도 존재합니다. 중세나 지금이나 사람들은 힘을 가지게 되면 자신의 의도대로 진실을 만들어 내고 싶어 합니다.

그래서 디지털은 성경 속의 바벨탑과 많이 닮았습니다. 바벨탑은 홍수 심판의 대재난이 휩쓸고 지나가 척박해진 땅에서 죄의 무서움과 혹독한 대가의 교훈을 잊어버린 인간들이 결코 닿을 수 없는 신의 자리에 끊임없이 도전한다는 이야기입니다. 이제 인간들은 결핍과 불안을 채우기 위해 하늘까지 닿아 보겠다는 욕망으로 디지털이라는 새로운 바벨탑을 쌓아 올리고 있습니다. 하나님의 형상을 닮아 지혜로운 인간은 0과 1의 디지털 신세계를 만들고, 알 수 없는 무수한 0과 1의 코드들은 인간의 마음에 허세와 앙심을 쉼 없이 부추겨 새로운 바벨탑이 되어 가고 있습니다.

그러나 그 옛날 무모한 인간의 바벨탑 욕망이 하나님의 진노를 불러 결국 서로 언어가 끊기고 갈래갈래 세상으로 흩어져 미움과 원망의 고독한 삶을 이어 가야 했던 역사를 우리는 기억해야 합니다. 이제 '하나님의 심판과 용서'의 권위가 '리셋' 버튼으로 대체된 세상에서 디지털로 쌓은 바벨탑은 점점 사람의 마음을 지배하고, 그 옛날 바벨탑이 인간의 소통을 중단시켰듯 지금 우리는 거짓과 진실을 구분하지 못합니다. 진실이 삶의 가치가 되던 시절은 추억이 되어 버렸고, 진실이 사라진 세상에서 음모론과 무성한 뒷이야기가 세상의 소식을 지탱해 갑니다. 진실이 사라진 세상에서 사람들은 더 이상 서로를 신뢰하지 않고 더 이상 악을 이기려 하지 않습니다.

유튜브가 힘을 가지게 된 이유

인터넷이 사람들 사이의 소통 수단으로 자리 잡으면서 포털이라는 '대문(portal)'이 열리고 우리는 그 문을 통해 옛날에는 접근하기 어려웠던 방대한 정보와 지식을 접할 수 있게 되었습니다. 인터넷 포털에서는 세상의 소식이 틀면 나오는 수도꼭지의 물처럼 개인의 취향이나 관심 영역까지 고려해서 쏟아져 나옵니다. 그 때문에 종이 신문이 사라질 위기에 처하고, 방송에서 하는 이야기가 세상의 전부라고 생각하며 살던 시절은 이제 추억이 되어 갑니다. 그 시절에는 어차피 내가 정보를 선택할 수도 없었고, 가짜 뉴스와 진짜 뉴스를 구분할 일도 그다지 많지 않았습니다. 그러나 정보기술(IT)과 디지털이라는 신기술이 세상을 주도하게 되면서 우리의 일상은 과할 만큼의 정보로 넘쳐 나고, 굳이 원하지 않아도 쏟아져 들어오는 정보들은 삶의 가치관까지 흔들고 있습니다.

디지털 세상에서는 이전 것을 익히기도 전에 새로운 것을 받아들여야 합니다. 사람들이 인터넷 포털이 떠먹여 주는 세상 소식에 익숙해져 가던 차에, 이제 유튜브라는 매우 감각적인 영상 포털이 나와 그 자리를 대체하고 있습니다. 유튜브를 맛본 사람들은 굳이 작은 글씨의 텍스트로 된 뉴스를 더 이상 보려 하지 않습니다. 글로벌 세상 구석구석에서 개인들이 찍어서 올리는 생생한 영상 소식들은 지금까지 경험해 보지 못한 새로운 세상입니다. 유튜브에는 요리와 인테리어, 미용 등 사소한 일상에서부터 문화, 경제, 정치, 국제외교 심지어 의학 분야까지 각 분야의 유능한 전문가들의 강의를 언제 어느 곳에서든 접할 수 있습니다. 지식이 있고 말깨나 하는 사람들은 저마다 유튜브를 열고 자기 경험과 지식을 설파하고, 대통령부터 초등학생, 심지어 아직 말도 제대로 하지 못하는 아이들까지 영상의 주인공으로 올라옵니다. 그러다 보니 질 낮은 정보와 가짜 정보들이 판을 치는 것도 사실입니다.

그러나 오늘날 유튜브가 각광을 받는 또 하나의 이유는 아이러니하게도 기존 언론과 대형 미디어가 제 역할을 못하기 때문이기도 합니다. 복잡한 거대 조직의 의도된 기획과 필터링을 거친 정보보다 개인들이 직접 각자의 지식과 경험을 현장에서 직접 올리는 정보가 더 가치 있는 경우가 의외로 많습니다. 오합지졸 같은 개인들의 정보가 인적, 물적 자원이 투입되는 매스 미디어의 획일화된 정보보다 더 진실에 가까울 수 있기 때문입니다. 이제 사람들은 '쓰레기 더미'로 치부되던 유튜브를 통해, 주류 미디어 회사의 이해관계와 편집자의 의도가 반영된 정보보다 깨어 있는 한 사람의 지식과 정보가 더 힘을 발휘하는 현상을 자주 경험하고 있습니다. 어쩌면 오늘날 유튜브의 힘은 매스 미디어 스스로의 저널리즘 상실에 기인하는지도 모릅니다. 2016년 도널드 트럼프가 미국의 대통령이 되는 과정이 그랬고, 영국의 브렉시트(EU 탈퇴)도 그런 사례입니다. 사실 이러한 현상이 의미가 있는 것은 세상의 새로운 방향성을 주도하는 사람들이 기존의 엘리트 지식층이나 힘과 돈을 가진 조직이 아니라 평범하고 자유로운 작은 개인들이기 때문입니다.

어쨌든 이렇게 정보가 넘쳐 나는 시대에는 정보를 취하는 능력이 삶의 중요한 요건이 됩니다. 이런 시대적 배경이 유튜브가 힘을 가지는 또 다른 이유입니다. 마치 옛날 무성영화 시대에 영화 속 대사를 대신 읊어 주던 변사와 같은 역할을 유튜브가 하고 있기 때문입니다. 무한대로 쏟아져 나오는 세상 곳곳의 오만 가지 소식과 정보들을 의학 전문가, 국제정치 전문가, 군사 전문가, 부동산 전문가 등 분야별 전문가들이 깔끔하게 정리해서 전달해 주니 채널만 잘 선택하면 더할 나위 없이 좋은 도구입니다. 굳이 영어나 중국어를 할 줄 몰라도 되고, 의학이나 법률 지식이 없어도 유튜브를 열면 언제든 좋은 정보를 받을 수 있습니다.

그러다 보니 능력자들은 유튜브 공간에서 스타가 되기도 하고, 구독자와 조회수가 많은 채널은 광고료만으로도 엄청난 수입을 얻는가 하면, 인기 있는 일부 채널은 심지어 가입비까지 있어서 고정수입도 가능합니다. 정보와 지식이 곧 돈이 되는 세상에서 지극히 당연한 현상입니다. 사이버 공간이지만 자유로운 시장 논리가 적용된다면 유튜브라는 시장을 통해 누구나 자신의 경험과 지식을 아주 쉬운 방법으로 팔 수 있게 된 것입니다. 정부가 세금 등의 방법으로 규제를 가하는 중국이나 북한 같은 나라가 아니라면 앞으로 유튜브의 힘은 더욱 막강해질 것이라 예상합니다.

그러나 유튜브에는 문제점도 많습니다. 세상의 모든 것은 양면이 있듯이 유튜브에서 생산되는 개인 미디어의 다양한 목소리와 검증되지 않은 소식들로 인해 세상이 갈수록 시끄러워지고 있는 것도 사실이고, 검증되지 않은 정보들이 난무하여 진정한 가치 있는 정보를 가려내는 일이 어려워지고 있는 것도 사실입니다.

정보와 지식도 일종의 상품입니다. 그래서 유튜브라는 사이버 시장의 고객들도 좋은 상품을 고르는 실력을 갖추어야 합니다. 시장이나 백화점에서 물건을 살 때 상품을 고르는 실력이 있으면 저렴한 비용으로 품질 좋은 물건을 살 수 있듯이, 유튜브라는 시장에서 적정한 품질과 상품성을 가진 채널을 선택하는 것도 미디어 사회에서 살아가는 데 필요한 실력입니다. 왜냐하면 우리는 우리가 획득한 정보와 지식을 통해 세상을 보게 될 것이고, 의사결정을 할 것이기 때문입니다.

앞으로 유튜브 시장에도 브랜드가 생길 것입니다. 다수의 고객이 찾게 되면 상품의 가치가 올라가고 채널의 가격이 올라갑니다. 자연스러운 현상이고, 시장 논리에 의해 스스로 품질을 높여 나가는 순기능을 기대할 수 있습니다. 반면에, 고객이 채널에서 제공하는 정보의 품질을 평가할 만한 수준이 안 되면 시장에는 결국 사람들의 말초신경이나 자극하고 군중심리에 편승하는 값싼 정보가 대세를 이루게 될 것이고 그로 인한 사회적 불안과 갈등은 증가할 것입니다. 결국 유튜브든 SNS든, 인간이 그것을 어떻게 사용하는가에 따라 선한 도구가 될 수도 있고 악한 도구가 될 수도 있습니다.

어떤 사람들은 "가짜 뉴스만 나오는 유튜브 같은 건 절대 보지 않는다"고 단언합니다. 그러나 그것은 옛날 방송과 신문이 저널리즘을 최고의 가치로 두고, 진실과 사회 정의를 위해 권력과 맞대응할 수 있었던 시절에나 적용되던 원칙입니다. 인간은 변하게 마련이고, 변화는 언제나 '힘'이 생길 때 일어납니다. 지금까지 주류 언론사나 대형 포털사가 성장하면서 자신들의 힘을 권력화한 것처럼 유튜브 역시 그럴 가능성이 큽니다. 매스 미디어는 엄청난 인력과 자원을 가지고 꽤 오랫동안 사람들에게 정보를 전달해 주는 역할을 해 왔지만, 언젠가부터 권력의 어용 방송으로 전락하거나 언론사 사주의 철학이나 편집인의 정치적 입장에 따르다 보니 진실 보도에 더 이상 목숨을 걸지 않습니다. 유튜브 역시 자신의 힘을 과신하게 되면 『장미의 이름』의 호르헤 수도사처럼 자신만의 잣대로 정보에 낙인을 찍고 이용자들을 구분할 것입니다.

사실 그런 현상은 이미 시작되었습니다. 최근에 유튜브에서 정치적 입장을 달리한다는 이유로 일부 채널을 삭제하거나 벌점을 주고 광고를 제한하는 일이 벌어지고 있습니다. 아이러니하게도 유튜브의 가짜 정보는 문제 삼아도 거대 공영 미디어의 거짓 보도를 문제 삼는 사람들은 그다지 많지 않습니다. 일개 유튜버가 전달하는 가짜 정보보다 기술과 자원이 뒷받침된 대형 주류 미디어의 거짓은 그 영향력 측면에서 차원이 다른데도 말입니다.

디지털이 만들어 내는 거짓은 인간의 허세와 앙심을 부추기고, 이렇게 앙심으로 응축된 분노만 쌓여 가는 세상에서 유튜브가 어떤 역할을 하게 될지 지켜볼 일입니다. 어쨌든 '쓰레기 더미'로 불리던 유튜브에 자유로운 개인들이 올리는 '진실'을 통해 우리가 그나마 숨쉴 공간을 만들어 주는 것은 사실입니다.

"Let's go Brandon"

요즘 미국에서 "브랜든 파이팅(Let's go Brandon)"이라는 구호가 확산되고 있다고 합니다.[4] 소셜 미디어 공간뿐만 아니라 현실 공간 속에서도 마스크, 모자 등에 이 문구를 새겨 넣거나 스포츠 경기장에서 수만

---

4 "미국서 유행 '브랜든 파이팅'… 알고보니 '바이든' 조롱", 노컷뉴스 2021. 11. 2.

명의 관중이 이 말을 구호처럼 외치는 영상도 여기저기 돌아다닐 정도로 미국에서는 트렌드가 되고 있습니다.

이 구호는 2021년 10월 2일 미국의 유명 자동차 경주에서 생애 처음으로 우승한 브랜든 브라운이라는 선수를 모 방송국에서 인터뷰하면서 처음 등장했습니다. 당일 경기를 생방송한 방송국이 우승한 선수를 현장 인터뷰하는 도중, 관중석에서 "F*** Joe Biden"이라는 구호가 터져 나오자 리포터가 이 말을 재치 있게 "Let's go Brandon"으로 바꾸어 전달한 것입니다. 이때부터 사람들은 이 사건을 희화해서 "Let's go Brandon"을 "F*** Joe Biden"이라는 뜻으로 대신 사용하기 시작했습니다. 이 말은 주류 언론과 빅테크가 운영하는 SNS 상에서는 한때 금칙어가 되는 등 웃지 못할 해프닝까지 일어났습니다. 특정 정당(공화당)을 지지하는 정치적 발언이라는 이유에서입니다. 이런 상황이 언제까지 지속될지 알 수 없지만 지금 미국 사람들의 정서가 어떤지는 대충 짐작이 가능합니다.

주목할 것은, 이러한 현상이 오늘날 미디어의 영향력이 극대화되어 있는 배경에서 나왔다는 점입니다. 당일 그 경기장에는 수만 명의 관중이 있었고, TV 중계방송을 최소한 수백만 명이 보고 있었을 것입니다. 그런 와중에 리포터는 관중들의 "F*** Joe Biden"을 "Let's go Brandon"으로 바꿔 전달하는 용기 있는 순발력(?)을 보여 준 것입니다.

최근에 SNS에서는 '공정'과 '정의'를 앞세워 개인의 의견을 검열하고 차단하며 삭제하는 일이 심심찮게 일어납니다. 대형 미디어들도 '배려'라는 명분으로 반대쪽 의견을 '몰염치'로 정죄하거나 사람들의 슬픔과 기쁨의 표현까지 통제하려 합니다. 어느 날 갑자기 튀어나온 "Let's go Brandon" 현상은 어쩌면 그동안 디지털과 미디어 세상에서 억눌려 있던 사람들의 마음이 한꺼번에 표출된 것인지도 모릅니다.

디지털 시대에 사회는 더 많이 개방된 듯 보이고 누구에게나 열려 있는 듯 보이지만 실제로 미디어와 디지털 그리고 스마트폰이 우리의 일상을 지배하면서 우리는 오히려 예전보다 하고 싶은 말을 다 하지 못하고 살아가고 있습니다. 그동안 언론과 미디어는 세상의 진실을 찾고 알리는 데 중요한 역할을 감당했습니다. 우리 사회가 그들 덕분에 정치, 경제, 기술, 문화 모든 면에서 나날이 발전해 온 것도 사실입니다. 거대 권력에 저항하는 열혈 기자들을 보면서 사람들이 '진실의 가치'의 소중함을 알게 되고, 그런 언론과 미디어에 의지하고 감사했습니다. 지금은 디지털 기술의 발전 덕분에 개인 미디어가 우리 사회의 보편적인 소통 수단이 되었고, 포털에는 이름 모를 언론사와 기자들이 넘쳐 나는 시대가 되었습니다. 그러나 정작 세상의 맥락을 제대로 읽어 주는 언론과 기자는 찾아보기 어려운 것이 현실입니다.

오늘날 개인 미디어들은 인간의 욕망을 반영하는 데 거침이 없습니다. 그럴수록 주류 언론과 공영 미디어는 진실의 가치에 더욱 집중해야 합니다. 인간이 만물의 영장이고 수많은 우여곡절을 겪으면서도 역사가 선한 방향으로 흘러온 것을 기억한다면, 잠시의 거짓과 허세의 욕망보다 '느려도 묵직한 진실'에 무게를 두어야 합니다. 아직도 많은 사람들이 개인 유튜브 방송보다 주류 언론을 더 신뢰하고 또 그들의 저널리즘에 기반한 취재 역량과 시스템에 기대를 갖고 있기 때문입니다. 그러나 요즘 주류 미디어나 언론에서 나오는 소식들이 과연 법적으로 문제없고 객관적으로 검증된 정보들인지 의아한 내용들이 상당히 많습니다. 어쩌면 사람들의 눈과 귀가 예전과 달리 유튜브와 SNS 쪽에 몰리면서 다급해진 미디어의 어쩔 수 없는 선택인지도 모릅니다. 하지만 대형 언론의 그러한 노력(?)에도 불구하고, 결과적으로 TV 방송의 뉴스는 이제 식당에서 밥 먹을 때 나오는 BGM 정도 이상의 파급력을 갖지 않는 듯합니다.

지라시와 뇌피셜

요즘 국내외 주류 미디어에 '팩트 체크'라는 말이 자주 등장합니다. 그런데 내용을 들여다보면 많은 경우 '팩트'가 아닌 또 다른 거짓 정보이거나 근거를 명시하지 않은 소위 '지라시'급 정보입니다. 그래서 어떤 사람들은 '팩트'라는 말이 언제부터 뜻이 바뀌었냐고 비아냥거리기도 합니다. "Let's go Brandon" 현상처럼 수백만 명이 듣고 있는 사실을 리포터 한 사람이 다른 이야기로 바꿀 수 있는 세상인데 무언들 못 하겠나 싶기도 합니다.

개인들의 검증되지 않은 정보들이 유튜브나 SNS를 통해 실시간으로 퍼져 나가면서 세상에선 지라시급 소식들이 판을 치고 음모론이 득세하고 있습니다. 이에 질세라 기존의 주류 대형 언론도 더 이상 정보를 검증하지 않고, 거짓이라 할지라도 사람들의 귀에 솔깃할 정보라면 일단 내보내고 봅니다. 그러나 '팩트'라는 말은 법적 기준에 의거하거나 누구나 납득 가능한 객관적 근거가 제시될 때만 사용할 수 있는 말입니다. 따라서 근거 없는 정보에 '팩트'라는 말은 적합하지 않습니다.

그런데 팩트만으로는 도저히 설명되지 않는 것 같은 일들이 세상에 많아지고 있다는 데 함정이 있습니다. 그리고 이런 현실은 아이러니하게도 개인 유튜브와 SNS 미디어들의 입지를 더욱 크게 만들어 주고 있습니다. 어쩌면 앞으로 진실을 가려내는 능력이 우리 삶과 세상의 발전을 주도하는 중요한 기준이 될지도 모릅니다.

헥터 맥도널드는 『만들어진 진실』이라는 책에서, 진실이 어떻게 조작되어 만들어질 수 있는지 여러 가지 사례를 통해 제시해 줍니다. 이를 토대로 팩트 체크와 관련하여 우리의 현실을 비추어 보고 싶습니다.

첫째, '편집된 진실'과 잘못된 숫자들을 맥락의 이해 없이 서로 꿰다 보면 거짓이 진실로 둔갑하기도 하고, 진실이 감춰지고 진실처럼 보이는 거짓을 생산할 수 있습니다. 박근혜 대통령이 탄핵되기 전 J방송사의 모 앵커가 방송에 들고 나온 태블릿 PC는 방송사가 의도했든 안 했든 대통령 탄핵의 중요한 스모킹 건이 되었습니다. 방송국에서 어떤 경로로 그 태블릿을 취득했는지 아직도 오리무중이지만, 그것으로 최순실 씨가 대통령의 연설문을 고쳐 주었다는 보도는 그녀가 국정농단을 했다는 의혹의 정황적 증거가 되어 많은 사람들을 광화문광장에 모이게 하는 단초가 되었습니다. 광화문광장이 촛불로 덮이고 나서 대통령 탄핵이 기정사실이 된 한참 후에야 이루어진 국립과학수사연구원(국과수)의 태블릿 PC 포렌식 결과, 박 대통령 선거 캠프 시절 비서진들과 어느 비서관 자녀들의 사진 수백 장이 나왔다고 합니다. 이와 관련된 증거를 보면 그 태블릿이 최순실 씨가 아닌 대통령 비서실에서 공용으로 사용되었던 것이 아닌가 하는 추론이 더 합리적입니다. 그래서였는지 그 기기는 재판의 증거로 이용되지 않았다는데, 대통령이 탄핵되고 몇 년이 지나도록 태블릿 PC의 진실을 아는 사람은 많지 않습니다.

둘째, 세상에는 하나 이상의 진실이 존재하기도 하며, 상반된 두 가지 진술이 모두 진실인 경우가 있다는 것입니다. 예컨대 "인터넷 덕분에 전 세계 지식을 폭넓게 접할 수 있다"는 것도 진실이고 "인터넷 때문에 잘못된 정보와 증오의 메시지가 훨씬 더 빨리 확산된다"는 것도 진실입니다. 즉, 세상의 많은 것이 양면성을 가지고 있다는 뜻입니다. 우리나라에서 박정희 대통령만큼 극과 극의 평가를 받는 사람도 많지 않을 것입니다. 극도로 가난했던 나라에서 그가 이루어 낸 산업화와 경제적 업적은 '한강의 기적'으로 불릴 만큼 큰 성과였습니다. 이에 대해 어떤 사람들은 그건 순전히 박 대통령의 능력이 아니라 국민들이 노력한 덕분이라고 말합니다. 그렇다면 우리와 비슷한 조건의 나라들이 우리와 비슷하거나 더 나은 결과를 내놓은 사례가 있어야 그 말이 사실이 됩니다. 반면에 박정희 대통령은 막대한 힘과 권한을 가지고 있었고 목표를 위해 자신의 정책을 강하게 밀어붙였던 것 역시 부인할 수 없는 사실입니다. 아이러니하게도 장기 집권을 통한 독재 덕분에 일관된 산업화 정책을 펼 수 있었고, 그 덕분에 남이 이루지 못한 기적을 이루어 냈다는 점입니다. 그래서 독재를 했다는 것과 산업화의 기적을 이루어 냈다는 것 모두가 진실입니다. 결국 우리가 사안을 판단할 때 한 가지 측면에서만 바라보면 안 된다는 것을 말해줍니다.

셋째, 진실은 받아들이는 사람의 사고방식에 따라 결정되는 경향이 있다는 것입니다. 사고방식은 우리가 사물을 판단하고 행동을 선택하는 방식을 결정합니다. 우리나라 사람들만큼 의견 대립이 유난스러운 나라가 또 있을까 싶을 정도로 정치, 경제, 교육, 역사 등 모든 면에서 보는 관점과 방식에서 상반된 의견을 가지고 있고 그래서 서로가 갈등합니다. 그리고 각자 자신이 보고 싶은 관점에서만 뉴스와 정보를 취사선택하려 합니다. 그러나 사람들이 자신의 신념에 맞는 정보만 획득하게 되면 일종의 '에코 체임버(echo chamber)'⁵를 만들어 확증 편향은 더욱 커집니다. 이 확증 편향은 진실을 한쪽 측면으로 몰아가는 경향이 있습니다. 디지털 시대로 전환되면서 '뇌피셜'⁶이라는 신조어가 생겼습니다. 정보의 양이 급속히 증가하면서 그중 특정 정보만 받아들이면 객관적 검증 없이 과도한 자기 확신에 빠지게 됩니다. 그리고 한쪽으로 쏠린 생각은 자칫 자신과 이웃을 해칠 수도 있습니다.

---

5 뉴스 미디어가 전하는 정보를 이용하는 이용자가 갖고 있던 기존의 신념이 닫힌 체계로 구성된 커뮤니케이션에 의해 증폭, 강화되고 같은 입장을 지닌 정보만 지속적으로 되풀이 수용하는 현상. '반향실(에코 체임버)'에 들어선 사람들은 자신이 지닌 기존의 관점을 강화하는 정보를 반복하여 습득할 수 있고 이로 인해 부지불식간에 확증 편향을 지니게 될 수 있다. 에코 체임버 효과는 사회적이나 정치적인 의견이 극단화되는 현상을 증가시키며 극단주의의 배경이 되기도 한다(위키백과).

6 공식적으로(오피셜) 검증된 사실이 아닌 자신의 뇌에서 나온 개인적인 생각(네이버 지식백과).

어쨌든 개인 미디어나 주류 언론이나 하나같이 '팩트'와 '진실'을 외치면서 소란을 떨지만, 막상 삶의 방향과 기준이 될 만한 진실은 찾아보기가 어려운 게 현실입니다. 그런 시대에 일상만으로도 힘겨운 사람들에게 진실은 불편한 무엇인가가 될 수밖에 없습니다.

진실이 사라진 세상은 점점 암울한 곳이 되어 갑니다. 암울한 세상의 책임은 많은 부분 힘을 가진 자들에게 돌릴 수밖에 없습니다. 그래서 주류 대형 미디어의 책임은 작지 않습니다. 그들은 많은 자원과 시스템을 가지고 있고, 더구나 공영 미디어는 막대한 국민의 세금이 지원되는 곳입니다. 국가가 국민의 세금을 투입하는 이유와 명분은 높은 품질의 정보와 진실을 제공하라는 뜻입니다.

사실 진실의 권위를 잃어 가는 것은 언론사만이 아닙니다. 국가와 사회의 옳고 그름의 판단과 실행을 위임받은 사법부와 행정부 역시 권위를 잃어 가고 있습니다. 법조인과 행정부 관료들의 권위는 그들이 법의 원칙에 따라 일할 것이라는 국민의 신뢰에서 나옵니다. 신뢰가 깨지면 더 이상 권위도 지키기 어렵습니다. 입법부도 국민들이 그들을 선택한 이유를 아는지 모르는지, 국가는 없고 자신들의 이익과 정당의 이해에 따라 행동하면서 진영 사이의 갈등만 키워 갑니다. 정부는 각 부처마다 수많은 위원회를 만들어서 의사결정의 책임을 분산합니다. 그리고 그 위원회에는 수많은 학자들과 전문가들이 들어가 있습니다. 국민들이 그들의 결정에 동의하는 것은 당연히 그들이 가진 지식과 경험을 진실의 편에 서서 사용할 것이라는 믿음 때문입니다. 그러나 오늘날 법원의 판결 기준은 그때그때 다르고, 하나의 사건에 대한 전문가들의 주장에는 더 이상 일관성이나 맥락이 없습니다. 공공의 영역만 이런 것이 아닙니다. 교회에서 목사님들의 설교는 더 이상 삶의 지표로서의 힘을 갖지 못하고, 학교 선생님들에게 '참교육'은 그저 표어 이상의 의미가 아닌 듯 보입니다.

미국에서나 대한민국에서나 언론과 인터넷 포털 기업은 정부나 재벌보다 더 막강한 권력을 가지고 있습니다. 그 힘은 SNS에 다수의 사람들이 올려 주는 의견이나 댓글에서 나옵니다. 갈수록 정교해지는 여론조사는 민의를 반영하는지 아니면 특정 그룹의 의견을 반영하는지 모를 정도로 신뢰가 가지 않습니다. 민주주의의 원칙인 다수의 지배라는 룰에 의해 개인의 의사 표현을 제어하고 차단한다면 결국 자유로운 개인은 존재하지 못하게 됩니다. 개인의 자유가 보장되지 않는 곳에서 민의는 더 이상 사람들의 뜻을 나타내지 못합니다.

우리가 살고 있는 디지털 시대에는 다수를 내세워 진실이 만들어지고, 사람들은 점점 '뇌피셜'에 익숙해져 가고 있습니다. 그리고 누구도 "이건 옳고 저건 그르다"고 말하지 않습니다. 이것도 맞고 저것도 그럴 수 있다고 말하는 세상에서 진실은 권위와 힘을 잃습니다. 진실을 구분하려 들지 않는 세상에서 거짓은 살아가는 수단이 되고, 진실은 비웃음거리가 됩니다. 그런 세상에서 때로는 거짓이 진실을 누르고 승리하기도 하지만 그래도 인간의 역사를 볼 때 세상이 선한 방향으로 이어져 온 것은 자신의 모든 것을 걸고서라도 진실의 편에 서는 아주 적은 무리의 사람들이 있었기 때문임을 기억해야 합니다.

2
사라지는 기록들

국가기록원 블랙리스트 소동

2017년 11월 어느 날 저녁, 제가 근무했던 국가기록원에서는 한바탕 소동이 벌어졌습니다.

떨어진 낙엽들이 정부청사 마당 한구석에 수북이 쌓여 겨울이 이미 시작되었음을 알리던 날이었습니다. 대통령이 탄핵된 후 '광장의 촛불'로 만들어진 대통령과 새로운 정부는 '촛불혁명'이라는 깃발을 앞세우고 모든 부처에 '혁신위원회'라는 이름의 사실상 적폐 조사 조직을 만들었습니다. 국가기록원에도 예외 없이 '기록관리혁신위원회'라는 TF 조직이 만들어졌고, 위원들은 대부분 관련 학회나 시민단체 활동을 하던 분들로 구성되었습니다. 민간단체 활동가들로 구성된 위원회지만 그분들이 가진 힘은 위원회가 주최한 워크숍에 청와대 비서진들이 참석한 것만으로도 충분히 가늠할 수 있었습니다. 그동안 정치적 이슈가 있을 때마다 국가기록원의 독립성과 중립성이 논란이 되었던 상황에서 청와대 사람들이 국가기록원의 업무에 직접 관여하는 것이 타당한가 않은가를 떠나서, '기록'이라는 것 자체에 무관심했던 지난 정부보다는 훨씬 신선해 보인 것도 사실입니다.

위원회 안에 기록원 일부 직원들이 행정 도우미로 들어가고 본격적인 활동이 시작되면서, 가장 먼저 '적폐 조사'라는 무시무시한 이름으로 직원들에 대한 조사가 이루어졌습니다. 조사위원들은 두세 사람씩 조를 짜 당시 기록정책부장을 맡고 있던 저와 몇몇 직원들을 호출했습니다. 조사과정은 거의 취조 형식으로 각 사안마다 몇 시간, 심하게는 며칠씩 걸쳐서 진행되었습니다. 당시 조사를 담당했던 분들 중 어떤 분은 지금 국가기록원장이 되어 있고, 또 다른 분은 대통령기록관장이 되어 있습니다.

'적폐'로 지목된 일들은 주로 법안 개정이나 위원회 위원 교체 등에 대한 사안들과, 노무현 대통령 퇴임 이후 봉하마을로 가져간 시스템의 하드디스크 복사본 회수 건, 뒤에 말할 'NLL 기록 삭제' 관련 재판에서의 증언 건, 심지어 국제기록협회 주관으로 개최한 국제 콘퍼런스 등까지, 지난 정부에서 추진했던 대부분의 일이 적폐로 지목되어 조사를 받았습니다.

법을 어겼거나 이권 개입 등 불법적인 일들로 조사를 받았다면 부당하다는 생각은 들지 않았을 테지만, 지난 정부가 추진했던 일이라는 이유만으로 용어도 익숙하지 않은 '적폐'라는 유사 범법행위로 지목되고, 멀쩡한 공무원들이 마치 범죄자처럼 취급되는 상황은 아무리 생각해도 온당치 않게 느껴졌습니다. 이미 대통령이 탄핵된 후 본부 감사실에서 몇 달 동안 감사를 받았는데, 또다시 적폐라는 이름으로 조사를 받다 보니 하던 일은 대부분 중단되고, 조사를 받는 직원들이나 위원회 행정 도우미로 차출된 직원들이나 처음 겪는 일로 인해 스트레스가 이만저만이 아니었습니다. 하지만 다른 부처 공무원들은 검찰 조사까지 받는 일도 허다하다는데, 낯선 분위기에 억눌린 상황에서 임기도 얼마 남지 않은 임시직 '어공' 나부랭이가 나선들 오히려 일만 키울 뿐이라는 생각이었습니다.

그러던 와중에 탄핵의 스모킹 건이 되었던 태블릿 PC 건으로 유명세를 탄 J방송 아침 뉴스에서 일이 터졌습니다. 국가기록원에서 유출된 문건이라면서, 이 문건들을 근거로 '좌편향 배제, 박근혜 정부 곳곳 블랙리스트', '국가기록원도 블랙리스트가 있었다'라는 제목의 기사가 나온 것입니다. 문건의 내용은 기록원에서 위원회 위원들을 임의로 교체했다는 것이었습니다.

그 문건이 어떻게 언론사와 방송국까지 가게 되었는지 이런저런 소문들이 있었지만, 당시는 그런 경위보다는 세간에 오르내릴 기록원의 상황에 대한 걱정이 더 많았습니다. 우선 기록원 자체적으로 당시 유출된 문건이 정말로 기록원에서 작성된 것인지, 그리고 실제로 문건의 내용대로 실행된 적이 있는지를 조사했습니다. 결론적으로 해당 문건은 공식적인 결재나 보고가 이루어진 문건이 아니었고, 누가 작성해서 누구에게 보고했는지도 확인되지 않는 문건이었습니다. 더구나 과거 수년간 위원 교체 건에 대해 내부 조사를 실시했지만, 임기가 만료

되어 교체된 몇 분의 위원 외에는 해당 문건의 내용처럼 정치적 성향에 따라 임의 교체된 것은 없는 것으로 확인되었습니다.

그러나 당시 사회의 분위기상 '정부 문건'이라는 이름으로 일단 언론에 보도되면 그다음은 기관의 의지와는 관계없이 흘러가게 마련이었습니다. 그렇게 나간 문건은 관련 학회나 시민단체의 정보 공개 청구 대상이 되고, 실제로 비리가 있었건 없었건 시민단체들이 성명서를 내고 시위를 하는 등 다양한 방식으로 기관을 압박하게 됩니다. 이미 문체부의 블랙리스트 건으로 많은 공무원들이 검찰 조사를 받거나 구속된 상황에서 '국가기록원 블랙리스트'라는 다소 자극적인 제목은 또다시 세간의 관심을 끌기에 충분했습니다. 결국 관련 학회와 유관 단체들은 성명서를 통해 압박하며 처벌 요구를 하고 나섰고, 몇몇 국회의원들은 공식 질의서를 통해 기관의 해명을 요구했습니다. 문제는 문건의 진위가 가려지기도 전에, 기관장과 부서 책임자가 이리저리 불려 다닌다는 소식만으로도 문건의 내용은 이미 기정사실이 되어 버린다는 것입니다. 특히 문건 앞에 '정부'라는 말이 들어가는 순간 그 문건은 무조건 '증거'로서 권위가 부여됩니다. 물론 정부는 국민들에게 설명할 책임이 있고 그 설명은 법과 원칙에 근거해야 하는데, 그런 측면에서 아직 우리 사회는 아직 '문건(document)'과 '기록(record)'을 구분하는 기준이 서 있지 않습니다.

'문건'과 '기록'은 엄연히 다르며, 모든 '문건'이 증거력을 가진 '기록'이 아니라는 것을 사람들은 잘 모릅니다. 특히 법적 책임을 묻기 위한 기록은 '공신력 있는 기록(authoritative records)'이어야 합니다. 「공공기록물 관리에 관한 법률」(기록물관리법)에 따르면 공신력 있는 기록은 이 법에 의거하여 (1) 기관의 시스템에 등록되었거나, (2) 결재 과정에 올려져 있었거나, (3) 공식적인 목적이 있는 사람들에 의해 작성되고, (4) 관련된 자에게 전달, 공유되었거나, (5) 그 결과가 기관의 업무에 영향을 미친 것이어야 합니다.[7] 그리고 기록관리 국제표준(ISO 15489-1:2016)에서도 신뢰성 있는 기록은 "사실에 대한 직접적인 지식을 가진 개인에 의해서 혹은 업무처리를 위해 일상적으로 활용하는 시스템에 의해서 관련된 사건이 일어난 시점이나 혹은 바로 이후에 생산되어야 한다"고 명시하고 있습니다. 이런 기준으로 보면 국가기록원 블랙리스트 관련 문건은 기관의 시스템에 등록되지도 않았고, 결재되지도 않았으며, 누가 작성했는지도 모르고, 더욱이 누구에게 전달되었다거나 공유되었다는 근거도 명확하지 않았습니다. 무엇보다 가장 중요한 것은 그 문건의 내용이 이행되었거나 기관의 업무에 영향을 미친 흔적이나 결과가 존재하지 않았습니다. 결국 정체불명의 문건 하나로 국가기록원의 전 원장은 곤욕을 치러야 했고, 국가기록원은 한동안 쑥대밭이 되었습니다.

문제는 이렇게 정체불명의 문건이 '정부 문건'이라는 이름으로 세상에 나오면 국민들의 공분의 대상이 되고, 광장의 촛불로 확대되기도 한다는 것입니다. 그동안 사회적으로 큰 이슈가 되었던 사안 중 상당수는 소위 '정부 문건'으로 불리는 정체가 모호한 자료에서 시작되

---

7 이젬마, "기록의 개념과 성립요건", 한국기록학회·국가기록원 공동발표회 발표집, 2019. 6. 8.

었다는 것을 생각해 보면 '국가기록원 블랙리스트' 건은 결코 작은 일이 아니었습니다.

사실 '블랙리스트'가 문제가 된 것은, 사람들을 정치 성향으로 구분하고 성향이 다른 사람들에게 불이익을 주었다는 것이 핵심입니다. 그런데 과연 사람을 좌편향인지 우편향인지 나눌 수 있는 명확한 근거가 있는지도 의문입니다. 우리나라 사람들은 대부분 자신의 정치 성향을 잘 드러내지 않고 살아갑니다. 좌우 정치적 대립이 유난히 심한 우리 사회에서 자신의 정치적 입장을 노골적으로 드러내고 살면 주변 사람들과의 불필요한 갈등을 유발하고 고달파지기 십상입니다. 한편 모든 정부 조직은 정권의 이념에 동의하고 동일한 국가관을 가진 사람들을 찾게 마련입니다. 그런 면에서 촛불정부도 더하면 더했지 결코 덜하지 않다는 건 우리 모두가 알고 있는 사실입니다. 민주주의 제도가 고도로 발달했다는 미국에서도 정권이 바뀌면 고위직은 물론 하부 공무원들까지 인사이동이 대폭 이루어진다고 합니다. 현 촛불정부가 촛불정신에 동의하는 사람들을 각 분야에 배치하기 위해 노력했듯이, 우파 성향의 박근혜 정부가 거기에 맞는 사람들을 배치하기 위해 노력한 것은 당연한 일일 것입니다. 다만, 정부에는 엄격한 인사 규정이 있고 공정성을 기하기 위한 최소한의 절차가 존재합니다. 따라서 굳이 적폐를 따진다면 규정과 절차에 따라 이행되었는가를 따져야 합니다.
　분명한 사실은, 좌든 우든 국가의 건국이념과 헌법적 가치를 추구하는 원칙과 체제는 동일하게 지켜야 할 의무와 책임이 있다는 것입니다. 만약 블랙리스트가 있어야 한다면 국가라는 공동체가 합의한 이념에 반대하고 국가를 운영하기 위해 정해 놓은 법과 규정을 위반하는 사람들이 대상이 되어야 합니다. 물론 우리 헌법은 사상의 자유를 허용하고 있으니 국가가 사상과 이념을 이유로 개인의 자유를 억제하는 건 옳지 않습니다. 하지만 국가를 운영하는 공무원이나 그 운영에 참여하는 사람들은 달라야 합니다. 국민의 세금은 원칙적으로 우리나라의 헌법정신과 철학에 기반을 둔 개인이나 단체에 우선적으로 지원되어야 합니다. 이 일을 제대로 이행하기 위해 '리스트'가 어쩔 수 없이 필요할 수도 있습니다.

아무튼 촛불정부가 들어선 이후 우리나라에서는 법적으로 명확히 규정되지 않은 '적폐'라는 용어가 어떤 법률용어보다 더 큰 힘을 발휘했습니다. '적폐'라는 이 애매모호한 용어 때문에 수많은 공직자들이 조사를 받았고, 그중 많은 사람들이 여전히 수감 생활을 하고 있습니다. 그리고 다음 대통령이 취임하고 나면 또 다른 기준의 '적폐 청산'이 등장할지도 모릅니다. 그때는 그 기준이 '그들만의 정의'가 아니라 오로지 '법'이 기준이 되기를 바랍니다.

NLL 기록 삭제와 대통령의 '부담'

'NLL 기록'이라고 부르는 기록물은 노무현 전 대통령의 임기 말인 2007년 말 무렵에 진행된 남북 정상회담의 녹음 파일을 녹취록으로 전환하면서 만들어진 일종의 회의록입니다. 당시 남북 정상회담에서 노 대통령이 북한 김정일 국방위원장에게 NLL(Northern Limit Line), 즉 서해 북방한계선에서 군사를 철수시키고 공동어로(평화)수역을 만들자고 제안했다는 의혹에 대해 당시 야당 의원들이 문제 삼으면서 논란이 시작되었습니다. 대통령이 야당이나 국민과 합의 과정도 없이 바다의 국경선을 적에게 임의로 넘겨준 거나 마찬가지라는 야당의 주장에 많은 국민들이 공감하면서 회의록에 대한 세상의 관심은 더욱 커졌습니다.

하지만 시간이 흐르면서 문제의 본질인 대통령의 'NLL 포기' 발언에 대한 공방은 사라지고, 해당 기록물에 대한 논란으로 전환되었습니다. 노 대통령 당시 청와대 비서실은 해당 기록물을 '대통령 지정기록물'[8]로 분류했다고 했고, 지정기록물은 30년간 열람할 수 없게 되어 있는데 누가, 어디서, 어떻게 볼 수 있었는가 하는 문제가 새롭게 논란거리가 되었습니다. 그리고 당시 야당 의원들이 보았던 기록은 국정원이 소장하고 있던 기록물이라는 사실이 밝혀지면서, 다시 국정원

---

8 대통령 기록물의 안전한 보존을 위해 중앙 기록물 관리 기관으로 이관시 대통령이 지정한 기록물은 국회 재적 의원 3분의 2 이상의 찬성 의결이 이루어지거나, 관할 고등법원장이 중요한 증거에 해당한다고 판단하여 영장을 발부한 경우를 제외하고는, 일반 지정기록물은 15년, 개인의 사생활 관련 기록물은 30년의 범위 내에서 열람·사본 제작을 허용하지 않거나, 자료 제출에 응하지 않고 보호할 수 있는 제도이다. 대통령 지정기록물 지정 대상은 국가안전보장과 대내외 경제 정책 관련 기록, 정무직 공무원의 인사 관련 기록, 대통령과 그 보좌기관·자문기관 간의 의사소통 기록으로서, 이를 공개할 경우 국익에 중대한 위해, 사생활 침해, 정치적 혼란 등을 불러일으킬 우려가 있는 기록물로 한정된다(「대통령기록물 관리에 관한 법률」).

이 관리하는 기록물이 대통령 기록물인가 국정원 기록물인가에 대한 공방이 벌어졌습니다. 문제를 제기한 쪽은 해당 기록물은 청와대 지시로 생산된 것이므로 대통령 기록물이고, 국정원장이 임의로 비밀을 해제하는 것은 직권남용이라는 주장이었습니다. 그러나 기록물관리 법에 따라 기록물의 생산자가 누구이든 기록물이 공식적으로 타 기관에 접수되어 관리되고 있다면 접수 기관이 기록물에 대해 전적인 권한을 행사를 하는 것이 타당한 것으로 결론지어졌습니다. 우리 사회는 이런 논쟁이 장기화되면 당초의 중요한 이슈는 사라지고 비본질적인 문제로 논란을 이어 가곤 합니다. 이번에도 노 대통령의 NLL 포기 발언에 대한 논란은 곧 사라지고 결국 NLL 기록물에 대한 논쟁만 남게 되었습니다.

논란은 여기에서 그치지 않았습니다. 처음 청와대에서 생산되었다는 그 회의록이 과연 국가기록원으로 이관되었는지가 또다시 논쟁거리가 되면서 공방이 벌어졌습니다. 당연히 기록원으로 이관되었어야 할 기록물이었기 때문에 기록원은 해당 기록물의 유무를 확인해 주어야 하는데, 당시 여야 국회의원들이 전문가들과 함께 국가기록원을 방문해서 기록원 보존서고와 데이터베이스를 샅샅이 뒤졌지만 해당 기록물은 나오지 않았습니다. 결국 회의록이 없는 것으로 확인되었고, 당시 새누리당은 노 대통령 당시 청와대 관계자들을 검찰에 고발하게 됩니다.

그런데 얼마 후에 검찰은 해당 기록물을 엉뚱하게도 국가기록원 데이터베이스가 아닌, 기록원 보존서고에 잠금 상태로 보관되어 있던 청와대 e-지원시스템9의 하드디스크에서 발견하게 됩니다. 해당 하드디스크는 노 대통령 사저인 봉하마을로 가져갔다가 이명박 대통령 시절 검찰이 환수해 온 물품이었습니다. 이는 노 대통령 당시 청와대 행정팀이 해당 기록물을 행정 시스템인 e-지원시스템에서 청와대 기록관리 시스템(Records Management System, RMS)에 공식적으로 등록하지 않았다는 것이고, 당연히 대통령기록관으로도 이관하지 않았다는 것을 의미합니다. 결국 국회를 비롯하여 검찰과 국가기록원은 애초에 발견될 수 없었던 기록을 찾기 위해 여러 날 헛수고를 한 것입니다.

하드디스크에 대한 검찰의 포렌식을 통해 발견된 해당 파일은 청와대에서 프로그램 전문가를 통해 비정상적인 방법으로 삭제되었다는 사실이 밝혀지면서 다시 대통령 기록물 임의 삭제에 대한 새로운 공방이 벌어지게 되고, 결국 당시 청와대 비서실의 '대통령 기록물 무단 파기'로 검찰에 의해 기소되어 형사재판으로 이어졌습니다. 1심과 2심 재판기록을 통해 확인된 몇 가지 사실은 ▲해당 기록물이 실제 청와대 지시에 따라 국정원에서 5차례 수정·보완 작업이 이루어졌고, ▲그 후에 노 대통령의 메모 지시로 한 차례 더 수정되었다는 것, 그리고 ▲어떤 경위에선지 청와대 기록관리 시스템으로는 수정본조차도 이관되지 않았고, ▲대통령 임기 말 청와대 행정 시스템인 e-지원시스템에 들어있던 기록물을 기록원으로 이관하지 않았으며, ▲전산 개발자의 도움을 받아 프로그래밍을 통해 비정상적인 방법으로 삭

---

9   노무현 정부에서 청와대 내 문서 관리와 기록관리를 위해 개발한 업무관리 시스템.

제되었고, ▲그 후 하드디스크에서 삭제된 상태로 봉하마을로 가져 갔다는 것입니다.

'대통령 기록물 무단 파기' 관련 재판 1심과 2심에서 법원은 기록을 삭제한 당시 청와대 사람들에게 무죄를 선고했습니다. 당시 무죄 판결 사유는 해당 기록물이 '최종 완성된 단일본을 전제로 하는 녹취 자료의 초본'의 속성을 가지므로 삭제해도 무방하다는 주장에 힘을 실어준 것으로 해석됩니다. 그러나 2020년 12월 10일 대법원 판결에서는 하급심과 달리 유죄로 최종 결론지어졌습니다.

이 사건에 대해 학자들 중에는 해당 기록물이 어쨌든 기록원 서고에 있는 하드디스크에서 나왔으니 삭제 여부과 관계없이 이관된 것이나 마찬가지라고 주장하는 사람도 있고, 어떤 전문가는 중간본이니 삭제해도 무방하다는 주장도 내놓았습니다. 그러나 청와대를 비롯한 정부 기관은 업무 처리 및 의사결정 과정의 투명성 확보를 위해 모든 과정을 기록으로 남기도록 하는 것이 현 기록물관리법의 정신이고 기록관리학의 기본 원칙입니다. 따라서 노 대통령 당시 청와대 사람들의 NLL 기록물 삭제는 법률적으로나 학술적으로 타당하지 않습니다. 당시 기록물 삭제를 주도한 당사자들에게는 나름의 정치적 고려와 고심이 있었겠지만, 기록관리 측면에서는 대법원 판결이 다행이고도 당연한 일입니다.

당시 노 대통령 임기 말에 있었던 남북 정상회담 회의록은 단순히 정치적 이유에서만 중요한 것이 아니라 기록물의 증거적, 정보적, 역사적 가치라는 측면에서 당연히 보존되어야 할 중요한 기록물입니다.

첫째, 증거적 가치 측면에서 해당 기록은 당시 회담에 참석한 사람들과 참석자들의 논리와 주장이 그대로 기술되어 있는 기록이라는 점에서 의미가 있습니다. 회담 내용도 중요하지만 특히 해당 기록물에는 노 대통령의 회의록 변경 지시사항이 메모 형식으로 첨부되어 있고, 처음 녹음된 그대로의 녹취록에서 5차례 수정, 변경하는 과정이 상세히 기록되어 있습니다. 이런 과정은 해당 회의에서 NLL과 관련한 대통령의 의도와 정확한 발언을 알게 해 주며, 해당 기록에 대한 수정, 변경 과정에서 누가 어떤 의사결정을 했는지를 알게 해 줍니다. 즉, 회의록 생산과 결재 과정에서 의사결정의 책임이 누구에게 있는지를 알게 해 주는 중요한 증거가 됩니다.

둘째, 정보적 가치 측면에서 이 기록을 통해 노 대통령이 당시 회담에서 어떤 제안을 했는지, 북한 지도부에 대한 노 대통령의 생각과 태도는 어떠했는지를 알 수 있게 해 줍니다. 해당 기록은 중간본이기 때문에 삭제해도 된다는 1심과 2심 재판부의 논리는 업무 과정의 기록을 반드시 남겨야 한다는 현행 기록물관리법의 원칙에 위배됩니다. 노 대통령이 NLL에 대해 어떤 생각을 가지고 있었고 왜 그런 제안을 했는지 옳고 그름을 판단하는 것은 이와는 다른 문제이며 기록관리의 영역을 벗어납니다. 다만, 기록에 담긴 내용, 특히 회담에 임한 남측과 북측의 생각과 정치적 입장이 담긴 정보는 향후 북한과의 협상에도 참고할 수 있는 중요한 가치가 있다는 점이 중요합니다.

셋째, 역사적 가치입니다. 앞으로 남북관계가 어떻게 흘러갈지 지금으로서는 아무도 예측할 수 없지만, 언젠가 세월이 흘렀을 때 과거 남북 정상회담은 충분히 역사적 의미가 있는 사건일 수 있고, 당시 회의에서 오고간 대화를 통해 우리나라의 분단 상황과 북한 정권과 노무현 정부의 관점과 철학이 회담 이전과 이후의 남북 상황에 어떻게 영향을 미쳤는지 파악할 수 있는 중요한 사료가 될 것이기 때문입니다.

마지막으로, 기록은 조직과 사람의 의사결정에 대한 설명 책임(ac-countability)[10]을 명확히 한다는 측면에서, 해당 기록물은 NLL 포기 발언에 대해 노 대통령 입장에서 설명할 근거가 될 수 있습니다. 회의록 맥락상 정말 '포기할 의도'가 있었는지, 아니면 또 다른 목적을 위한 외교적 전략에 의한 것이었는지는 알 수 없습니다. 다만, 기록의 생산과 보존의 중요한 기능 중 하나는 개인과 조직의 설명 책임성 확보라는 점에서, 해당 기록물은 필히 남기고 보존되어야 할 기록입니다. 청와대만이 아니리 모든 조직, 특히 정부와 공공 조직은 각자의 의사결정에 대해 의무적으로 설명해야 하는 책무가 있습니다. 그리고 설명할 책임은 기록을 통해 제시되어야 합니다. 굳이 과정과 근거를 남기지 않

---

10 개인, 조직 또는 시스템에 책임이 부여된 활동의 결정에 대하여 주로 기록을 통해 답변하고 설명하고 정당화할 수 있는 능력. 기록에 의해 제3자에게, 또는 법령에서 지정한 기관에게 업무 또는 행정 수행의 전말을 설명할 수 있어야 한다는 원칙이다. 오늘날 기록에 의한 설명 책임은 공적 영역의 기록관리 행정의 중심 목적으로 간주되고 있으며, 그러한 중요성에 의해 기록관리 시스템 설계시 시스템의 설명 책임은 시스템을 평가하는 중요 기준이 되었다. 기록은 설명 책임을 충족시키기 위해 정확하고 완전하게 생산되어야 하며, 공공기관은 투명 행정과 책임 행정의 근거를 기록에 의한 설명 책임을 통해 충족시킬 의무를 갖는다. 한 조직이나 기관에서 법률이나 규정에 의해 적법하게 생산된 기록은 법적·증거적 효력을 갖는다(위키백과).

아도 된다면 조직의 의사결정에 대한 신뢰는 무너질 수밖에 없습니다.

아이러니하게도 e-지원시스템은 노 대통령이 직접 관여하고 전문가들과 함께 직접 설계와 개발 과정에 참여해 본인의 이름으로 특허 출원까지 낼 만큼 애착을 가졌던 시스템입니다. e-지원시스템의 매뉴얼을 보면 모든 과정을 기록으로 남기겠다는 노 대통령의 철학이 그대로 반영되어 있는데, 문서 기안자가 문서를 작성한 후 상위 결재권자에게 올린 후에는 상위 결재권자가 열람만 해도 그 이후에는 기안자가 임의로 문서를 다시 내리거나 삭제하지 못하도록 설계되어 있습니다. 최종 의사결정만 중요한 것이 아니라 중간에 어떤 과정을 거쳐서 진행되었는지를 명확하게 남기겠다는 대통령의 의지가 시스템 설계에 그대로 반영되어 있다는 뜻입니다.

　당시 대통령이 직접 삭제 지시를 했는지는 알 수 없지만, 만약 그게 사실이라면 그런 철학을 가졌던 노 대통령이 마지막에 프로그래머를 동원해서 삭제하기까지는 아마도 많은 고뇌가 있었을 것이라 짐작됩니다. 해당 사건 판결문을 보면 삭제된 대통령의 메모 내용에서 본인의 발언으로 인해 국민들에게 괜한 오해를 불러일으킬 것에 대한 대통령의 심적 부담과 인간적인 고뇌가 느껴집니다. 사안의 옳고 그름을 떠나서, 국민들의 생각과 자신의 생각이 다르다고 느낄 때 대통령은 부담을 느끼게 마련입니다. 대통령이든 장관이든 국회의원이든, 국민의 세금으로 월급을 받는 사람들은 자신의 생각과 국민의 뜻이 다를 때 부담을 느껴야 합니다.

입시 기록의 불편한 진실

—그때는 안 됐고 지금은 된다?

2017년 5월의 마지막 날이었던 것 같습니다. 며칠 동안 모든 언론과 미디어는 마치 올림픽 중계라도 하듯 하루 종일 최순실 씨의 딸 정유라 씨에 대한 뉴스로 지면과 화면을 가득 채웠습니다. 당시 국내 대부분의 방송은 공중에 떠 있는 어느 비행기를 가리키며 그 안에 정유라가 타고 있다는 믿거나 말거나식 멘트를 하기도 하고, 정 씨가 중범죄자 호송되듯 조사관들에게 붙들려 공항 출구를 빠져나오는 모습과 그녀의 과거 발언 등 사생활에 관한 이야기를 오버랩하며 실시간 중계방송을 내보냈습니다. 학자, 변호사 등 각 분야의 내로라 하는 전문가들이 방송에 나와서 그녀가 대학에 입학할 때 아시안 게임 금메달을 목에 걸고 면접에 임한 것이 어떤 법적 문제가 있는지 자세하게 설명하는가 하면, 어떤 평론가는 그녀로 인해 누군가는 그 대학을 못 들어가게 되었다며 부당한 권력의 힘과 불평등한 사회 문제에 대해 강한 어조로 비판했습니다. 또 다른 전문가는 체육 특기생이라고 해서 불성실한 출석이 용인되는 것은 불합리하며 성실한 학생들과의 형평성을 고려해야 한다는 논리를 제시해서, 그동안 체육 특기생이나 운동선수에게 주어졌던 관행을 특혜라며 문제로 삼기도 했습니다. 인터넷에서는 누가 올렸는지 모를 그녀의 과제물 리포트까지 올라와서 공부 좀 하는 똑똑한 친구들의 날카로운 비판과 조롱을 받았습니다. 결국 그녀의 리포트에 호의적인 점수를 준 교수와 입학에 관련된 사람들은 수사를 받고 학교에서 해고를 당하거나 심지어 감옥에 가는 사람도 있었습니다. 교회 목사님들의 설교에까지 그녀가 나쁜 사람의 사례로 등장하는 상황을 보면서, 온 사회가 그렇게 똘똘 뭉쳐 그저 스포츠 선수일 뿐인 한 젊은이를 구석으로 몰아가는 상황이 많이 낯설고 섬뜩했지만, 그렇다고 다른 이야기를 꺼낼 수 있는 분위기는 아니었습니다. 어쨌든 그 당시에 나를 포함한 대부분의 사람들은 조용히 침묵하며 '정의로운 사람'이 되었습니다.

시간이 많이 흘러 2021년 8월 12일, 조국 교수의 아내인 정경심 교수에 대한 2심 재판이 있었습니다. 해당 재판에서 그들의 자녀 입시 기록 중 표창장을 비롯해 7가지가 모두 허위 스펙으로 판결되었다는 뉴스가 나왔습니다. 대법원 판결까지 나와야 확정되는 것이기는 하나, 사실심에서 확인된 사실만으로도 입학 과정에서 정당하지 못한 방법이 사용되었다는 것을 부인할 수 없습니다. 만약 허위 기록 혹은 위조 기록을 스펙의 근거로 삼았다면 정유라 씨가 메달을 목에 걸고 면접에 임한 것과는 차원이 다른 범죄가 될 수도 있습니다. 하지만 정 교수 판결은 몇몇 언론과 방송에서만 기사로 다루었고, 최종 판결까지는 판단을 유보하자는 주장을 하는 전문가도 있었습니다. 2017년 5월 그때만큼 온 나라가 들썩거리지도 않았고, 오히려 방송에서는 그녀가 고등학교 시절 의학 논문의 제1 저자가 되는 게 어떻게 가능한지를 구구절절 설명하는 사람도 있었습니다. 논문을 한 번이라도 써 본 사람이라면 이 말도 안 되는 상황에 대해 분노할 법도 한데, '정의로운' 사람들은 정유라 때처럼 그저 침묵하고 있을 뿐입니다.

사실 기록관리 전문가로서 개인적으로 더 관심이 있었던 것은, 조국·정경심 교수의 자녀들이 다닌 대학교들의 입학 기록이 삭제되었다는 소식이었습니다. 기록관리적 측면에서 보나 법적 측면에서 보나 매우 심각한 문제이기 때문입니다. 기록물관리법 제27조와 시행령 제43조에 따라 해당 대학들은 법 적용 대상 기관이고, 대학이 기록물 삭제 및 무단 폐기 행위를 했다면 당연히 처벌될 수 있는 사안입니다.

2017년에는 해외 원정 훈련 등으로 학교에 이름만 걸고 있었던 정유라 씨의 리포트에 후한 점수를 주었다고 해서 사회적 비난과 법적 처벌을 받아야 했던 교수들의 교권에 대해서 누구도 앞장서서 변호해 주는 사람이 없었습니다. 4년이 흐른 지금, 대학이라는 공적 기관에서 기록 삭제와 같은 중대한 불법행위가 이루어진 정황에도 불구하고 그 일에 대해 언급하는 사람조차 없습니다. 결국 '공정'과 '정의'라는 명분에 짓눌린 우리 대부분은 그때나 지금이나 똑같이 침묵하며 무리 속의 한 사람으로 살아갑니다.

사실 최순실 씨의 딸이나 조국 부부의 딸이나 비슷한 연령대의 젊은이들입니다. 본인들이 원인을 제공했든 안 했든 두 사람 다 당시론 사회적 초관심의 대상이 되었고, 지탄의 대상이 되었습니다. 그러나 결과는 딴판이었습니다. 한 사람은 졸지에 중졸이 되었고 어릴 때부터 평생 해 온 승마도 포기해야 했습니다. 그러나 또 한 사람은 그 와중에도 의사 국가고시를 치렀고, 어느 병원에서 인턴까지 했다고 합니다.

부모가 살아 있는 정권의 실세냐 아니냐, 열혈 지지층이 있느냐 아니냐가 낳은 차이일까요? 결국 우리나라는 제가 그동안 철석같이 믿어 온 '법치' 사회가 아니라는 것을 확인하게 됩니다. 조국 교수의 열혈 지지자들은 서초동 대법원 앞 길거리에 촛불을 들고 나와 '검찰 개혁'과 '조국 수호', '정의'와 '공정'을 외쳤습니다. 일렁이는 촛불과 함성 소리는 그 몇 년 전 광화문광장의 모습과 판박이였습니다. 언젠가부터 우리 사회의 '공정'과 '정의'는 법이 가름해 주지 않게 되었습니다. 그러다 보니 사람들은 사회적 문제를 걸핏하면 광장으로 가지고 나갑니다. 그리고 이상하게도 광장의 분노 어린 함성과 퍼포먼스의 패턴은 늘 한결같습니다.

물론 모든 사람이 다 똑같은 철학과 관점을 가지고 살지는 않습니다. 그리고 생각이란 것도 그때그때 다르고, 같은 일도 상황에 따라 관점이 달라지는 게 우리 인간입니다. 그런데 우리는 그렇게 불완전하고 일관되지 못한 기준으로 누군가를 함부로 판단하고, '정의'라는 이름으로 분노를 그대로 표출하며 살아갑니다. 정부가 모든 일에 '정의'를 내세우지만, 세상은 점점 정의와는 거리가 멀어지는 것 같습니다. 교회 목사님도, 성당의 신부님도 설교의 주제는 '사랑'이고, TV 드라마나 유행가 가사에서도 주된 주제는 '사랑'입니다. 그 어느 때보다 '사랑'이란 말을 많이 하고 살아가지만 정작 사람들은 더 상처받고 더 소외되어 살아가는 듯합니다.

두어 해 전 〈조커〉라는 영화가 선풍적인 인기를 끌었습니다. 사람들은 주인공의 잔인한 살인 행각에도 불구하고 그의 대사들을 곱씹고, 그의 극심한 소외감과 고독감에 공감했습니다. 조커에게 공감하고 열광하는 사람이 있다는 것은 세상이 그만큼 진정한 '사랑'과 '정의'에 목말라하고 있다는 뜻일 겁니다. 그러나 조커의 극심한 소외감과 사회적 고립에 공감한다고 해서 그의 엽기적 살인 행위가 정당화되는 것은 아닙니다. 마찬가지로 조국 교수가 정말 검찰 개혁을 위해 필요한 능력과 자질을 갖추고 있다고 하더라도 그의 개인적 잘못이나 가족의 범죄행위까지 용납될 수 있는 건 아닙니다.

'정의'와 '사랑'은 말로 외친다고 해서 해결되는 일은 아닌 것 같습니다. 어쩌면 '사랑'은 '공의'의 개념이 동반될 때라야 진정한 의미가 살아나는 게 아닌가 싶습니다. '공의'는 공동체가 정한 법치와 치우치지 않은 잣대가 기준이 될 때 그 가치를 발하고, 누구나 가늠할 수 있는 객관적인 근거가 토대가 될 때 많은 사람들이 납득할 수 있습니다. 정유라 씨의 승마 입상 실적과 입시 기록, 그리고 조국 교수 딸의 논문 등재와 입시 기록이 동일한 잣대와 명확한 기준으로 검증되고 판단되었을까요? 정치적 이념 때문에, 혹은 왜곡된 정보에 분노해서 광장에 나가 시위에 참가한 사람도 그렇지만, 이건 아니다 싶은데도 말 없이 지켜만 보며 침묵한 사람들도 결국 '우리의 역사'에 대한 책임이 있습니다.

이 모든 시간이 지나가고 언젠가 지금의 우리를 뒤돌아볼 날이 있을 것입니다. 졸지에 중졸이 되어 버린 한 젊은이가 과거의 고통에서 벗어나 누군가의 아내나 엄마로 보란 듯이 잘 살아 주면 좋겠다는 것이 개인적인 희망입니다. 그리고 또 다른 젊은이도 "마흔 살에도 의사가 될 수 있다"라는 자기 말처럼 이 역경을 발판 삼아 언젠가 좋은 의사가 되어 있는 모습도 기대해 봅니다. 이제는 더 이상 그들이 사람들의 분노와 미움의 대상이 되어 광장으로 불려 다니는 일은 없으면 좋겠습니다. 미움받은 그들이나, 이유 불문하고 그들을 몰아세운 우리나 다 사실 부족한 존재들입니다.

인류의 역사만큼 오래된 신성한 기록인 성경에는 위대한 믿음의 조상들의 반열에 '며느리와 관계한 시아버지 유다', '충성된 신하의 아내를 차지하기 위해 여인의 남편을 전쟁터로 보낸 다윗 왕', '남편을 죽인 왕의 후처가 된 여인 밧세바'의 막장 스토리가 고스란히 들어 있습니다. 이렇게 불편한 막장의 진실을 있는 그대로 우리에게 알려주는 것은 우리의 부족한 모습을 스스로 돌아보게 하려는 하나님의 뜻인지도 모릅니다. 그리고 사랑이 없이도 남을 위해 "내 몸을 불사르게 내줄"(고린도전서」 13장 3절) 만큼 독한 우리에게 스스로의 힘으로는 구원의 길이 없다는 것을 깨우쳐 주기 위함이 아닐까 생각해 봅니다.

왕조실록과 대통령 기록

『조선왕조실록』은 조선 472년에 걸친 25명의 국왕(고종·순종 제외)의 실록 28종을 축적하여 편찬한 것입니다. 실록(實錄)이란 임금 치세에 조정에서 일어나거나 보고된 일들을 편년체(編年體), 즉 시간 순서에 따라 기록한 역사서입니다. 『조선왕조실록』처럼 연속성과 일관성을 갖추고 방대한 분량을 지닌 관찬(官撰) 역사서는 세계적으로 드물기에 『조선왕조실록』은 유네스코의 '세계기록유산'으로 등재되어 있습니다.

국사편찬위원회에서는 2005년부터 정보화 사업의 일환으로 『조선왕조실록』을 데이터베이스로 구축하여 '한국사데이터베이스'라는 별도의 홈페이지(http://db.history.go.kr/)를 통해 원문, 국역, 원전 이미지 검색 서비스를 제공하고 있는데, 저 같은 한자(漢字) 무식자도 쉽게 접근할 수 있으니 정말 좋은 세상입니다.

각 임금의 실록은 첫머리인 '총서(總序)'에 인물 기초정보를 모으고, 이후는 즉위 원년부터 연대기순으로 서술하는 형식입니다. 기술 방법은 매우 단순하지만 기록에는 나름대로 엄격한 형식이 적용되었습니다. 수록된 내용은 매우 다양해서, 국왕과 신하들의 인물 정보, 외교·군사 관계, 국정 논의 과정, 의례의 진행, 천문 관측 자료, 천재지변 기록, 법령과 전례(典禮) 자료, 호구와 부세(賦稅)·통계 자료, 지방 정보와 민간 동향, 상소(上疏)와 비답(批答) 등 헤아릴 수 없이 많은 종류의 내용들을 포함하고 있어 당시의 국정 운영이나 사회 동향에 관한 거의 모든 정보를 다루고 있다고 해도 과언이 아닙니다.

특히 조선 초기의 실록에는 유교적 규범의 관점에서 수록하기 곤란한 내용도 많이 포함되어 있어서 당시 사회상을 더욱 자세히 알 수 있게 해 줍니다. 하지만 후기로 올수록 실록의 기사가 정치적 내용에 치우쳐 다양성을 잃게 되고 기록이 빈약해지는 게 눈에 띕니다. 그중에서도 특이한 것이 『광해군일기』입니다(쫓겨난 10대 연산군과 15대 광해군은 실록이 아니라 '일기'). 『광해군일기』는 여느 실록처럼 활자로 인쇄되지 않고 두 종류의 필사본으로만 남아 있습니다. 처음 만들어진 '중초본(中草本)'은 최종본인 '정초본(正草本)'에서 산삭(刪削)된 내용들이 그대로 남아 있어 더 많은 정보를 간직하고 있습니다. 즉, 정초본을 편찬하는 과정에서 중초본의 일부 내용이 의도적으로 삭제·수정된 것인데, 최초 편찬자가 편찬한 상태가 오히려 더 사실에 가까울 수 있다는 점에 의미가 있습니다.

실록의 핵심적인 자료인 '사초(史草)'를 작성한 사람들을 '사관(史官)'이라고 합니다. 사관들은 최고 권력자인 국왕의 말과 행동뿐만 아니라 관리들에 대한 평가와 주요 사건, 사고 등을 후대에 남기기 위해 기록한 사람들입니다. 그들은 국왕이 있는 곳이라면 어디라도 가서 국왕의 언행을 기록했습니다. 사관들은 직필(直筆)의 원칙을 사수했으며, 이로 인해 조선의 국왕들은 그들의 일거수일투족을 사관이 무어라 쓸지 늘 긴장하고 있었다고 합니다. 사관들 때문에 왕과 신하는 은밀히 만나 정사를 의논하기 어려웠으며, 그야말로 '열린 정치'를 통한 의사결정 과정의 투명성 확보가 가능했습니다. 사관의 품계는 그다지 높지 않았지만, 이러한 관례는 국왕과 대신들의 권력 남용과 부패를 최소화하는 데 기여했습니다.

사관은 그날그날 일어난 일들을 빠짐없이 기록한 사초를 작성하여 춘추관에 보고하고, 집에 돌아와서는 또 하나의 사초를 작성하여 집에 보관했습니다. 이렇게 사관이 개별적으로 집에서 보관하는 사초를 '가장(家藏) 사초'라고 하며, 국왕이 승하한 후 실록 편찬을 위해 실록

청이 설치되면 실록 편찬의 자료로 가장 사초를 제출합니다. 사초에는 자신이 직접 보고 들은 사건뿐만 아니라, 사건과 인물에 대한 평가까지 기록되어 있습니다. 그래서 실록에는 '사실(史實)'과 '비평'이 함께 담겨 있습니다.

사실 조선 왕조는 사람을 '양반'과 '상놈'으로 구분하고, 상놈에 속하는 사람들은 대를 이어 노예와 같은 삶을 살아야 하는 불합리한 신분 제도를 오랫동안 유지하고 있었습니다. 그럼에도 왕조가 500년이나 이어 왔다는 것은 불가사의한 일입니다. 어떤 사람들은 실록과 사관 제도에서 그 비결을 찾습니다. 왕과 신하 간에 적절한 힘의 균형이 이루어졌던 것은 절대권력을 가진 왕의 일거수일투족을 기록으로 남기는 사관 제도를 통해 왕의 독주를 최소화할 수 있었기 때문이라고 평가합니다.

오늘날의 '대통령 기록'을 『조선왕조실록』과 같은 의미를 갖는 것으로 해석하는 사람들이 있습니다. 대통령은 조선의 국왕처럼 국정 전반을 책임지는 최고 통치권자이고, 재임 기간에 많은 권한을 행사할 수 있다는 것은 사실입니다. 그러나 대통령은 조선 왕조의 왕과는 아주 다릅니다. 일단 5년이라는 재임 기간이 정해져 있고, 법과 제도적으로 입법부와 사법부를 비롯하여 민의를 대변하는 언론 등 다양한 견제 기능이 존재하기 때문입니다.

조선 시대에는 왕의 일거수일투족을 기록하는 일을 사관들이 담당했다면, 오늘날은 청와대 행정 시스템을 통해 의사결정 과정을 시스템적으로 관리하고 기록을 남깁니다. 그러나 대통령의 의사결정은 꼭 시스템을 통해서만 이루어지는 것이 아니고, 보안이나 시스템상의 문제 기타 이유로 구두 지시나 메모 형식으로 이루어지는 경우도 적지 않다고 봐야 합니다. 이런 방식의 의사결정 과정은 문서나 기록 자체가 생산되지 않을 가능성이 크고, 설사 기록이 만들어졌다 하더라도 기록관리 시스템으로 이관해서 보존하는 일은 더욱 기대하기 어렵습니다.

의사결정이 시스템을 통해 이루어지지 않으면, 별도로 기록을 만들고 남기는 일은 결국 대통령과 비서실의 의지에 의해 결정됩니다. 그 결과 우리나라의 대통령 기록은 온전한 생산을 담보할 수 없고, 생산되었다 하더라도 대통령기록관으로 이관되지 못할 가능성도 큰 것이 현실입니다. 더구나 '설명할 책임'의 제도적, 문화적 기반이 부족한 우리나라에서는 대통령에게만 사건 후에 책임을 묻는 것이 현실적으로 쉽지 않습니다. 설명할 책임은 반드시 의사결정 과정에서 남겨지는 기록을 통해 이루어져야 합니다. 기록이 없으면 자신의 정당성을 제시할 길이 없습니다. 달리 말하면 정당하지 못한 의사결정이 이루어졌음을 시인하는 것과 같습니다. 그래서 선진국에서는 기록이 없는 해명은 오히려 가중처벌의 대상이 될 수 있습니다. 노무현 대통령의 소위 'NLL 기록'이라 불리는 남북 정상회담 회의록 삭제 사건은 '의사결정 과정의 기록을 반드시 남겨야 하는가?'라는 화두를 우리 사회에 던졌습니다.

오늘날 대통령 기록은 최고 통치권자에게 설명 책임성을 부여한다는 점에서 실록과 유사한 측면이 있습니다. 대통령 기록물이 후세에 『조선왕조실록』만큼의 평가와 대우를 받게 될지 아직은 확신이 없습니다. 더구나 최근에 개정된 「대통령기록물 관리에 관한 법률」(대통령기록물법)은 이전보다 더 많은 허점이 있어서 많이 걱정스럽습니다.

　현 정권의 임기가 종료되고 나면 대통령기록물법의 어설픈 개정의 문제점이 당장 드러나기 시작할 텐데, 국가기록원이나 대통령기록관은 앞으로 어떻게 이에 대응하고 문제점을 보완할지 우려가 앞섭니다.

대통령 기록물이 위험하다
—대통령기록물법 개정의 문제점

대통령의 임기가 끝나고 새로운 대통령이 선출되어 다음 정권으로 넘어갈 때마다 세간에 이슈가 되곤 하는 사안이 대통령 기록입니다. 이명박 대통령의 기록물은 역대 최대 규모로서 1,088만 건이나 대통령기록관에 이관했는데도 아직도 논란이 있고, 탄핵으로 물러난 박근혜 대통령 기록물 이관 당시에는 캐비닛 문건이니, 지정기록물의 지정 권한이 누구에게 있느냐 등의 문제로 시끄러웠습니다. 그리고 그런 논란은 대통령기록관의 중립성, 독립성 문제로 연결되었습니다. 사실 중립성이나 독립성이란 용어 자체는 모호하고 추상적이어서 사람마다 관점과 기준이 다릅니다. 그리고 독립성이나 중립성이 단순히 선언이나 캠페인성 구호만으로 확보되기 어렵습니다. 그러다 보니 독립성, 중립성은 그저 정치적 입장에 따라 한쪽 편이 다른 쪽을 공격하기 위한 빌미로 활용되었을 뿐, 여전히 문제의 본질은 남아 있는 듯합니다.

사실 기록물관리법이나 대통령기록물법에 중립성 확보를 위한 기본적인 장치들은 어느 정도 마련되어 있습니다. 예를 들어 기록물의 전자적 생산과 관리를 의무화하고, 관할 기록관과 대통령기록관에 기록물 생산 기관의 점검·지도·감독 권한을 부여하고 있습니다. 청와대는 매년 주기적으로 대통령기록관의 기록 생산 현황 통보를 의무화하고 있는데, 이는 추후 대통령 기록물 이관시 기록물 누락을 최소화하는 장치를 두고 있다는 뜻입니다. 그러나 문제는 현실입니다. 조직 위계상 국가 최고의 의사결정권을 가진 대통령에 비해 부속기관 중에서도 작은 실무 그룹에 불과한 기록관이 가지고 있는 권한은 거의 없는 것이나 마찬가지이기 때문입니다. 법적으로 명시되어 있지만 기록물 생산에 대한 실제적인 점검·지도·감독권은 그저 구색 맞추기식으로 법조문에만 있을 뿐 실제로 행사하기는 어려운 구조라는 뜻입니다. 이런 취약한 현실은 정권의 좌우 성향과도 관계없습니다.

문재인 정부는 이전 이명박, 박근혜 정부 때와 달리 청와대에 '국정기록비서관실'이라는 전담 조직을 두고 청와대 기록을 관리했습니다. 2020년에는 대통령기록물법을 대폭 개정했습니다. 그런데 새로 개정된 법이 과연 기록관의 독립성, 중립성을 더 강화해 줄지 의문이 듭니다. 몇 가지 우려되는 사항을 요약하면 이렇습니다.

첫째, '지정기록물'[11]에 대한 전직 대통령과 대통령기록관장의 권한을 확대[12]하면서, 정작 이에 따른 문제점을 최소화할 수 있도록 하는 견제 장치나 보완 절차는 안 보인다는 것입니다. 대통령이 지정한 기록물은 국회 재적 의원 3분의 2 이상의 찬성 의결이 이루어지거나 관할 고등법원장이 중요한 증거에 해당한다고 판단하여 영장을 발부한 경우를 제외하고는 최소 15년 이상 열람 등이 허용되지 않습니다. 보통 지정기록물에는 군사·외교·통일에 관한 것은 물론 정무직 공무원 등의 인사에 관한 기록물 등 민감한 기록물이 포함됩니다. 그러나 개정된 법은 전직 대통령이나 대리인의 요구가 있을 경우 대통령기록관장의 승인으로 열람 등의 활용이 가능하도록 변경했습니다. 물론 위

---

11 대통령기록물법 제17조는 다음 6가지를 지정기록물로 정하고 있다.
1. 법령에 따른 군사·외교·통일에 관한 비밀기록물로서 공개될 경우 국가안전보장에 중대한 위험을 초래할 수 있는 기록물
2. 대내외 경제 정책이나 무역거래 및 재정에 관한 기록물로서 공개될 경우 국민경제의 안정을 저해할 수 있는 기록물
3. 정무직 공무원 등의 인사에 관한 기록물
4. 개인의 사생활에 관한 기록물로서 공개될 경우 개인 및 관계인의 생명·신체·재산 및 명예에 침해가 발생할 우려가 있는 기록물
5. 대통령과 대통령의 보좌기관 및 자문기관 사이, 대통령의 보좌기관과 자문기관 사이, 대통령의 보좌기관 사이 또는 대통령의 자문기관 사이에 생산된 의사소통 기록물로서 공개가 부적절한 기록물
6. 대통령의 정치적 견해나 입장을 표현한 기록물로서 공개될 경우 정치적 혼란을 불러일으킬 우려가 있는 기록물

12 제18조(전직 대통령에 의한 열람 등). ① 전직 대통령은 (…) 대통령당선인 및 대통령 재임시 생산·접수한 대통령기록물에 대하여 다음 각호에 따른 열람 등을 할 수 있으며, 대통령기록관의 장은 이에 적극 협조하여야 한다.

원회 심의를 거치도록 되어 있지만, 경험상 위원회는 대부분 기관의 거수기 역할 이상을 기대하기 어렵다는 점을 고려하면 누군가의 이해관계에 따라 악용될 소지를 열어 둔 것이나 마찬가지입니다. 국회 재적 의원의 무려 3분의 2 이상이 찬성해야 하는 열람 권한을 2급(국장) 상당의 대통령기록관장이 가지는 것이 타당한 것인지도 고개를 갸우뚱하게 합니다. 만약 지정기록물의 열람을 쉽게 하려는 의도라면, 지정기록물 열람에 관한 다른 기준들도 균형에 맞게 대폭 조정할 필요가 있습니다.

지정기록물 제도의 취지는 '접근 제한'이라는 조치를 통해 기록물의 멸실을 최소화하기 위함입니다. 즉, 지정기록물 제도는 대통령의 의사결정 과정과 관련된 기록물의 생산과 보존을 강화하고 기록물을 정쟁이나 정파적 이해관계에 따른 위협으로부터 보호하기 위해 만들어진 제도입니다. 그러나 달리 생각하면 지정기록물의 강화는 대통령의 설명 책임성을 약화시키는 역할을 합니다. 기록물을 남기고 보존하는 것도 중요하지만 대통령의 설명 책임성은 더욱 중요합니다. 대통령의 정책 결정은 국민의 삶의 질과 국가 안위를 좌지우지할 수 있기에, 그가 결정한 정책의 당위성을 국민들에게 설명할 수 있어야 합니다. 따라서 '지정기록물' 지정의 남용을 최소화하기 위해서 기존의 열람 기준을 낮추는 방법도 고려할 필요가 있습니다.

둘째, 개별 대통령기록관 설치를 본격적으로 허용했습니다.[13] 문제

---

13 제25조(개별대통령기록관의 설치 등). ① 대통령기록관의 장은 특정 대통령의 기록물을 관리하기 위하여 필요한 경우에는 개별 대통령기록관을 설치할 수 있다.

는, 개별 대통령기록관에 대한 정부 지원은 가능하게 하면서, 막상 개별 대통령기록관 설립과 운영 및 보안에 대한 세부규정이 마련되어 있지 않다는 것입니다. 개별 대통령기록관은 기존의 대통령기록관 이외에 전직 대통령의 의지나 상황에 따라 별도로 설립하여 운영하는 시설입니다. 물론 미국에서 이미 시행되고 있는 데서 보듯 이러한 제도 자체가 문제가 되지는 않습니다. 그러나 개별 대통령기록관 설립 허용과 지원 내용만 제시되어 있을 뿐, 정부 기관(대통령기록관)에서 관리할 기록물과 개별 기록관에서 관리할 대상물의 정의와 범위 및 이관 절차나 운영 기준이 명확하지 않고, 개별 대통령기록관의 보안 문제나 운영 요건에 대한 규정이 매우 미흡합니다.

더욱 우려스러운 것은 행정안전부 산하 국가기록원의 정책 브리핑 내용[14]입니다. 국가기록원은 개별 대통령기록관 건립을 통해 기존 대통령 기록물 관리를 '통합 관리'에서 '통합·개별 관리' 체계로 전환하고자 하는 것이며, 통합·개별 대통령기록관 간 업무 지원 체계를 구축하겠다고 설명합니다. 그러나 브리핑 내용에서 제시된 그림을 보면 결국 기존의 대통령기록관은 그저 지원 기능이고, 정작 대부분의 기록물은 개별 대통령기록관에서 관리하겠다는 말로 해석됩니다. 쉽게 말하면 대통령기록관은 기존의 역대 대통령 기록물만 통합 관리하고, 문재인 대통령 기록물부터는 개별 대통령기록관에서 각자 관리하는 체계로 전환한다는 뜻으로 이해됩니다.

14　대한민국 정책브리핑, "개별대통령기록관 건립, 기록물 보존부담 분산·완화 등 목적" (2019. 9. 10)(www.korea.kr/news/policyNewsView.do?newsId=148864592).

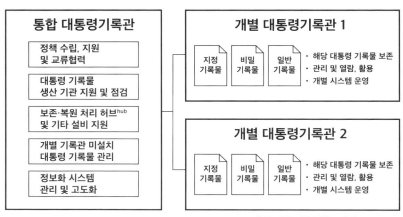

출처: 대한민국 정책브리핑(2019. 9. 10)

한국기록전문가협회에서는 개별 대통령기록관 전환의 필요성에 대해 "대통령 지정기록물 제도의 취지를 무력화할 수 있는 검찰 등의 무분별한 열람을 방지하기 위한 개별 대통령기록관 조직의 설립 문제로 접근해야 한다. 즉, 전문성과 함께 신념을 갖춘 '개별 대통령기록관 관장'이 중심이 된 전문 조직 구성과 설립이 핵심"[15]이라고 법 개정의 취지를 설명합니다. 그리고 이를 통해 대통령 기록 관리의 전문성과 독립성을 강화할 수 있다고 합니다. 이런 관점이라면 법 개정의 취지와 목적에 대해 오해의 소지가 더욱 커집니다. 즉, "검찰의 무분별한 열람"이라는 말에 대한 오해입니다. 이 말은 아마도 '노무현 대통령의 남북 정상회담 회의록(일명 NLL 회의록)'의 삭제 건과 관련된 당시 검찰의 고발과 포렌식 등의 조치를 염두에 둔 것으로 짐작됩니다. 하지만 이 사건만

---

15 "[아키비스트의 눈] 개별대통령기록관 왜, 어떻게. 3부. 개별대통령기록관, 어떻게 만들 것인가"(한국기록전문가협회, 2020. 9. 29)(www.archivists.or.kr/1647).

으로 마치 지금까지 대통령 기록물에 대한 "검찰의 무분별한 열람"이 반복적으로 이루어진 것처럼 말하는 것은 과장된 해석입니다. 전직이든 현직이든 대통령도 범법행위가 있다면 법적 시비를 가릴 수 있어야 하고, 규정과 절차 내에서 증거물로서 기록물 열람은 가능해야 합니다.

어쨌든 개별 대통령기록관은 (전직) 대통령이 자신의 기록물을 스스로 관리한다, 즉 중요하고 민감한 기록을 정부 기관이 아닌 전직 대통령의 개별 기록관에서 관리하게 된다는 뜻입니다. 그러나 과연 전직 대통령 자신의 이해관계를 떠나 객관적으로 기록이 관리될 수 있을지 의문입니다. 더구나 현재 개별 대통령기록관의 시설이나 운영 규정, 법적 규제나 감독권에 대한 내용이 명확하지 않은 상황에서 과연 대통령 기록물의 온전한 보존과 활용이 이루어질지 의문입니다.

2022년에 문재인 대통령기록관을 개관[16]한다고 합니다. 정부 예산이 지원되고 국가기록원이 지원을 긍정 검토한다고 하는데, 정작 어떤 기록은 국가에서, 어떤 기록은 개별 기록관에서 관리할지 명확한 절차나 분류 체계도 없는 것 같습니다. 건물 등 외형적 시설 요건도 중요하지만 더 중요한 기록물 보호 및 보안 체계나 검증 체계가 얼마나 적용될 수 있을지 우려하지 않을 수 없습니다.

셋째, '대통령기록관리전문위원회'의 위원 해임·해촉 사유가 추가되었습니다. 위원회는 대통령 기록물에 대한 전직 대통령 및 대리인의 열람에 관한 정책과 지정기록물의 보호 조치 해제, 비밀 및 비공개

---

16 "대통령 개별기록관 짓는다… 2022년 文대통령기록관 개관(종합)", 연합뉴스 2019. 9. 10.

기록물의 재분류에 대한 사항을 심의하는 기구입니다. 이번에 새로 추가된 위원 해임·해촉 사유는 '직무 태만, 품위 손상이나 그 밖의 사유'입니다.[17] 그렇지 않아도 우리나라 정부 부처의 각종 위원회가 기관장의 거수기 역할에서 크게 못 벗어나고 있는데, 이렇게 애매모호한 해임·해촉 사유를 두게 되면 대통령기록관장을 유일하게 견제할 수 있는 위원회의 위원들을 기관장의 뜻에 따라 임의로 선임하거나 배제하는 일이 가능해질 수 있습니다.

법령 개정분과 정부 발표 내용만 보면, 문재인 정부는 왜 이렇게 불합리하게 법을 개정하는 것을 허용했을까 하는 의문을 개인적으로 갖게 됩니다. 문 정부 출범 때 이전 정권들과 달리 청와대 비서실 조직에 '국정기록비서관실'이라는 전담 조직을 두고 기록관리 분야에 남다른 관심과 위상을 보이는 것을 보며, 다른 건 몰라도 기록관리는 제대로 개선될 것이라 내심 기대했습니다. 전 정권의 기록관리에 대한 무관심을 공격하며 대통령 기록물 관리의 독립성과 중립성을 열변하던 분들이 이번 정권에서 관련 기관 주요 자리에 포진한 점도 기대를 높였습니다. 하지만 현 정부가 그동안 추진한 관련 법·제도 개정 내용을 보면 기대에 크게 못 미치게 허술해서, 대통령기록관의 독립성과 중립성이 향상되기는커녕 오히려 더 많은 논란만 키우지 않을까 걱정입니다.

---

17 제5조(대통령기록관리전문위원회). (…) ⑥ 국가기록관리위원회 위원장은 전문위원회의 위원이 다음 각 호의 어느 하나에 해당하는 경우에는 해임 또는 해촉(解囑)할 수 있다. (…) 4. 직무태만, 품위손상이나 그 밖의 사유로 인하여 위원으로 적합하지 아니하다고 인정되는 경우.

제2부

세상이 이상하거나,
내가 미쳤거나

너희는 헛된 소문을 퍼뜨리지 말며

허위 증언을 하여 악한 사람을 돕지 말라.

너희는 다수를 따라 악을 행하지 말고

법정에서 증언할 때 대중의 편이 되어 허위 진술을 하지 말며

소송 문제를 다룰 때 가난한 사람이라고 해서 두둔하지 말라.

—「출애굽기」 23장 1~3절

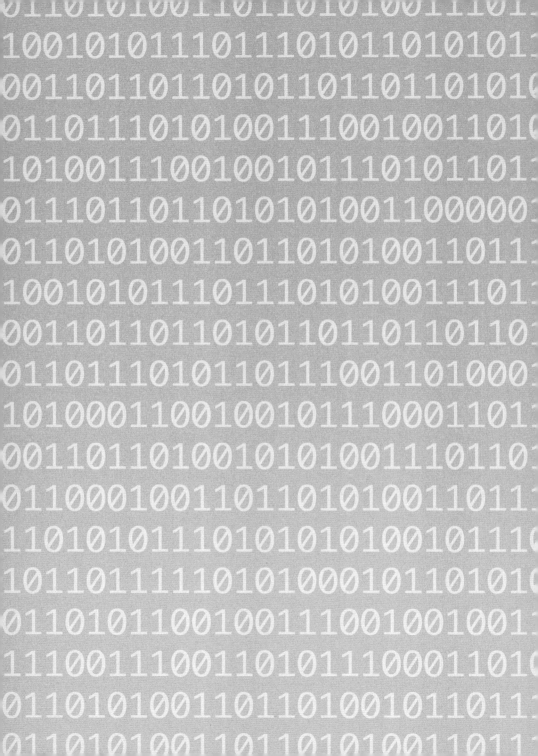

3
만들어진 진실
대통령은 왜 탄핵됐을까

태블릿 PC와 포렌식

최순실 태블릿 PC 보도 및 박근혜 대통령 재판 진행 과정[1]

2016년

10월 19, 24, 25, 26일 (J방송 8시 메인뉴스, 손모 앵커와 심모 기자 보도)

　　　"최순실 씨 취미는 대통령 연설문 고치는 것"

10월 25일　　J방송이 취득했다고 주장한 태블릿 PC의 검찰 제출과

　　　　　　포렌식 실시

10월 26일　　박근혜 대통령 사임 요구 첫 촛불집회

11월 17~20일　국정농단 관련 최순실(본명 최서원) 수사 및 구속 기소

1　우종창, 『어둠과 위선의 기록: 박근혜 탄핵백서』(거짓과진실, 2021) 및 우남위키(un-amwiki.org) '박근혜 탄핵 타임라인'(2021. 8. 23) 발췌.

12월 8일	(J방송 1차 해명 방송, 손모 앵커와 심모 기자의 일문일답 진행) "최순실이 대통령 연설문을 하도 많이 고쳐 태블릿 화면이 빨갛게 보일 지경"
12월 9일	국회 대통령 탄핵소추안 가결(찬성 234표, 반대 56표, 무효 및 기권 9표)
12월 28일	최순실 태블릿 PC 취재한 J방송 심모 기자, 한국여기자협회 올해의 여기자상 수상

2017년

3월 10일	헌법재판소, 만장일치로 대통령 파면 결정

2018년

10월 29일	J방송 손모 취재팀장 법정 증언. 2016년 12월 8일 이전에 태블릿 PC 안에 문서 수정 기능이 없다는 것을 확인했음을 인정했으나, 이때는 이미 박근혜 대통령의 1, 2심 선고가 모두 끝난 후였음

언젠가부터 핸드폰과 태블릿이 우리의 모든 소통과 기록의 수단이 되어 있습니다. 디지털 기기는 이미 우리 삶에 깊숙이 들어와 많은 부분을 바꾸어 놓았습니다. 그러나 나이 든 사람들에게 디지털 기기는 여전히 익숙하지 않은 것이 사실입니다. 40년 가까운 직장 생활에서 시시각각 변해 가는 컴퓨터 시대를 그야말로 도전 정신으로 버티고 살아야 했던 저 같은 사람들에게 손바닥만큼 작은 핸드폰이나 태블릿은 그저 삶의 방편일 뿐, 여전히 친근한 도구는 못 됩니다.

2016년 10월 어느 날 저와 연배가 비슷한, 대통령의 '집사'이며 막역한 친구인 최순실이라는 여인이 태블릿으로 대통령 연설문을 고쳐 주고 무슨무슨 재단들의 운영을 좌지우지하는 등 엄청난 국정농단을 했다는 뉴스가 쏟아져 나왔습니다. '여성 대통령의 유일한 친구의 국정농단'이라는 제목에서 그동안 우리가 몰랐던 여성 대통령의 뭔가 비밀스러운 사생활이 있는 듯한 뉘앙스가 전달되고, 대통령의 친구가 저지른 '국정농단'으로 나라가 곧 거덜이라도 날 것 같은 위기의식을 불러일으켰습니다. 대통령의 친구라는 최순실 씨를 판박이처럼 닮은 딸이 사실은 결혼도 하지 않은 여성 대통령의 딸이라는 둥, 그녀가 승마 훈련을 위해 탔던 말 세 마리가 사실은 대통령이 재벌기업에 압력을 넣어 뇌물로 받은 거라는 둥, 대통령의 딸을 키워 준 친구는 스포츠 재단을 만들어 기금을 주물럭거렸다는 둥, 밑도 끝도 없는 괴소문들이 언론과 방송을 통해 온 나라를 한동안 헤집었습니다.

이윽고 이러한 소문은 '국민 앵커'로 추앙받는 모 방송사의 스마트하게 생긴 사람의 입을 통해 공식화되기 시작하였습니다. 그리고 그 앵커가 결정적 근거로 내세운 것이 최순실 씨가 사용했다는 태블릿 PC였습니다. 그러면서 근거라고 방송에서 제시한 것은 최순실 씨가 지인들과 찍은 사진 몇 장과, 누군가가 그를 '선생님'이라고 부른 카톡 대화방 문자를 캡처한 영상 정도였습니다. 이 허술한 보도가 나중에 엄청난 결과를 몰고 올 줄은 그때는 아무도 몰랐습니다.

시간이 지나고 돌이켜 봐도 보도는 요지를 뒷받침할 기본적인 요건조차 갖추지 못한, 허술하다 못해 부실한 보도였습니다. 무엇보다 태블릿 PC가 최순실 씨 소유라고 할 가장 핵심적인 근거가 빠져 있었습니다. 디지털 기기의 증거력(evidence)이라는 측면에서 소유주와 사용자를 가늠할 수 있는 가장 기본적인 정보들이 확인되었어야 하는데, 보도 내용에는 그런 정보들이 포함되지 않았습니다.

어떤 디지털 기기를 취득했을 때 기기의 소유주나 사용자를 확인하는 방법은 일반 물건과는 좀 다릅니다. 특히 디지털 기기 안에 저장된 파일들의 내용과 전송자·수신자 등을 확정하기 위해서는 좀 까다로운 검증 절차가 필요합니다. 더구나 기기와 이를 통해 생산되고 유통된 정보와 기록이 '범죄의 증거'로 되기 위해서는 공인된 전문 기관의 '포렌식'이라는 훨씬 까다롭고 과학적인 검증 절차가 수반되어야 합니다. 즉, 기기 속에 있는 사진이나 기기를 통해 발송·수신된 메시지 등이 법적 증거가 될 수 있는 '기록'으로 인정받으려면 기록의 '진본성'(위조되거나 훼손되지 않은 원래대로일 것)과 '무결성'(망실이나 손상으로 기록이 변경되지 않고 완전한 상태를 유지하고 있을 것)이 우선적으로 입증되어야 합니다. 그런 검증 과정 없이 내용을 속단하는 것은 마치 피살자의 시신을 부검도 하지 않고 살인자와 살인 방법을 확정하는 것과 같습니다.

디지털 기기 속 정보들은 0과 1만으로 된 수많은 '비트 데이터'여서 그것만 눈으로 보아서는 아무런 의미를 갖지 못합니다. 게다가 디지털의 속성상 쉽게 편집하거나 삭제할 수 있어서, 눈과 귀로 확인되는 사실만으로 모든 정황을 파악하기 어렵습니다. 거두절미, 문제의 태블릿 PC를 처음 보도한 방송사는 최소한 아래의 내용은 기본적으로 확인했어야 합니다.

- 기기의 구매자와 공식적인 사용 등록자
- 인터넷망 가입자와 요금 납부자
- 기기로 접속한 이메일 계정
- 보도된 사진 외에 저장된 다른 사진들
- 문서들의 입력 및 수정 일자
- 태블릿의 문서 작성 및 수정 기능 탑재 여부
- 카톡 대화방의 대화록

몇 달 후, 문제의 태블릿 PC를 포렌식한 국과수 보고서를 한 인터넷 언론사가 보도했습니다.[2] 보도에 따르면, 태블릿 PC 발견 초기 J방송사가 방송한 내용과는 다른 수많은 사진과 여러 사람의 것으로 보이는 이메일 계정 정보와 카톡 문자들이 튀어나왔다고 합니다. 하지만 그런 보고서가 나왔는지, 그 내용은 무엇인지 보도하는 주류 언론사나 방송사는 없었고, 여전히 광장을 메우고 있던 사람들도 '촛불'의 트리거(trigger)가 된 태블릿 PC의 주인이 누구고 진실이 무엇인지 더 이상 관심이 없었습니다.

국과수의 포렌식 보고서는 문제의 태블릿 PC가 최순실 씨 개인 소유일 가능성보다는 박근혜 대통령 선거 캠프에서 비서진들이 공용

---

2 "태블릿PC 조작·조작보도 의혹 총정리한 '완결판 보고서' 나왔다", 미디어워치 2017. 2. 1.

으로 사용했을 개연성에 더 무게를 실어 주면서, 나아가 태블릿 PC 가 최순실 씨의 소유라거나 그것을 가지고 대통령의 연설문을 수정하는 등의 일을 했을 가능성은 없다고 결론을 내리고 있었습니다. 태블릿 PC를 처음 보도한 방송사가 기본적인 정보조차도 확인하지 않았다는 뜻입니다.

　방송사 자체 기술과 속보를 다룬다는 사정상 포렌식과 같은 까다로운 진본성 검증까지는 어렵다 해도, 사실 확인 의지만 있었다면 통신사 가입자 정보를 체크하고 태블릿 안의 폴더 몇 개만 열어 봐도 기기의 실질적인 소유자가 최순실 씨인지 아닌지 확인 가능했을 것입니다. 메일함 정보만으로도 대통령 연설문을 받은 경로와 일시를 볼 수 있고, 태블릿을 통해 연설문을 수정했는지 정도도 쉽게 확인할 수 있었을 것입니다. 하지만 방송사는 그런 기본적인 사항조차 확인하지 않고 방송을 내보냈습니다.

디지털 기기가 어떤 사실의 증거로서 확정되기 위해서는 기기 속에 담긴 정보와 그 정보가 기록된 시점이나 작성자가 누구인지 등 '맥락정보'와 함께 기기의 하드웨어적, 소프트웨어적 구조의 검증이 필수입니다. 더 정확히 말하면 태블릿 PC, 노트북, 핸드폰 등 어떤 종류의 디지털 기기이든, 그 기기와 관련된 정보를 가지고 범죄사실을 증명하기 위해서는 최소한 기록의 내용(contents), 맥락(context), 그리고 구조적 요소(structure)를 먼저 확인해야 합니다. 이를 범죄의 증거로 삼으려면 기기 자체가 조작되지 않았다는 무결성과 신뢰성까지 확보되어야 합니다. 그래서 최순실 씨의 태블릿 PC를 내용, 맥락, 구조라는 세 가지 측면에서 살펴볼 필요가 있습니다.

우선 '내용'이란 태블릿 PC에 저장된 사진, 문서, 문자, 이메일 등입니다. 이것은 기기가 고장나지만 않았다면 육안으로도 대충 확인이 가능합니다. 사진, 문서, 이메일을 들여다보면 사용자가 누구이며 수신자가 누구인지 정도는 알 수 있습니다.

더 명확하게 확인하려면 '맥락'을 살펴야 합니다. 맥락은 기본적으로 메일 송·수신자의 이메일 주소, 기기의 등록자와 사용자, 사용료 납부자 명세 등을 통해 확인 가능합니다. 문서를 주고받은 일시도 중요한 맥락 정보입니다. SNS나 카카오톡의 교신 내역이 있다면 그 계정 정보도 매우 중요한 단서가 됩니다.

'구조' 정보는 예를 들어 태블릿 안에 문서 수정 기능 또는 앱이 있는지 여부 같은 것입니다. 다만, 기기 접속 시각이나 로그 기록, IP 주소 및 접속 장소, 문서나 사진의 삭제와 수정 기록과 같은 맥락정보들은 포렌식을 통해 정확하게 확인할 수 있습니다.

물론 우리나라에서 포렌식은 검찰 수사 목적으로만 가능하기에 방송국이 정확한 맥락과 구조 정보를 파악하는 데는 한계가 있습니다. 그러나 웬만한 내용과 맥락 정보는 육안 관찰과 통신사 취재로 충분히 확인 가능합니다. 방송 내용으로 판단하건대 방송사는 이러한 확인 노력을 전혀 하지 않았습니다. 그 결과 수상쩍은 태블릿 PC 한 대가 한 나라의 대통령을 범죄자로 낙인찍는 데 제대로 활용되었습니다.

태블릿 PC 사건은 IT 강국을 자처하는 우리나라의 현실을 그대로 반영하고 있습니다. 어떤 과학적, 법적 증거보다 대기업 방송사와 유명 앵커의 힘이 더 큰 영향력을 발휘하는 현실 말입니다. 세계 최고 수준의 인터넷과 스마트폰 보급을 자랑하는 우리나라지만 정작 디지털 기록의 검증과 관련해서는 절차적 정의는 물론 기본 상식조차도 없는 후진국 수준을 벗어나지 못하고 있습니다. 그때나 지금이나 우리는 '어떤 상황에서도 진실만 전달할 것 같은' 국민 앵커의 스마트한 얼굴과 자신감에 찬 말에 세상에 대한 판단을 맡기고 살아가고 있습니다. 진실이 쉽게 왜곡되고 거짓과 진실의 구분이 어려운 사회는 곧 거짓의 사회입니다. 인간의 욕망이 반영된 디지털 세상에서 거짓은 진실보다 더 진실같이 행세합니다.

탄핵의 광풍이 한창 거셀 때, 그 스마트하게 생긴(그러나 스마트했다고는 결코 말할 수 없는) 앵커는 "애초에 태블릿 같은 건 필요 없었는지도 모른다"고 자신 있게 말하기까지 했습니다. 그러나 결국 대통령이 탄핵되고 새 정부가 들어선 이후 우리의 삶은 오히려 더 팍팍해졌고, 사회는 여전히 이리저리 찢기고 갈려 갈등과 싸움이 끊이지 않습니다. 디지털 정보의 진위를 가리는 법과 절차는 여전히 미진하고, 사람들은 예전과 다름없이 디지털이니 포렌식이니 하는 골치 아픈 이야기보다 자기가 좋아하는 앵커나 유튜버의 멘트에 의지해 세상 소식을 접하며 살아갑니다. 스마트한 디지털 세상에서 '진실'은 갈수록 구차하고 까다로운 얼굴이 되어 가고 있습니다.

수첩은 '기록'일까

—기록의 조건

평생 기록관리 분야에서 공부하고 일한 탓에 모든 이슈를 기록의 관점에서 보는 습관이 있습니다.

'청와대 캐비닛 문건', '남북 정상회담 회의록', 누구누구의 '회고록' 등등, 그리고 정권이 바뀔 때마다 문제가 제기되곤 하는 '대통령 기록'까지, 우리 사회에서는 기록을 둘러싼 이슈가 심심찮게 제기되고 있습니다. 박근혜 대통령 탄핵 때도 '최순실 태블릿 PC'와 '안종범 수첩'이 등장했지요. 그중 태블릿 PC는 사람들을 광장으로 불러 모으는 데 결정적인 기여를 했지만 막상 재판 과정에서는 증거물로 사용되지 않았습니다. 반면 '안종범 수첩'은 증거물로 채택되었습니다. 당시 언론과 방송은 검찰 발표를 전달하면서 '수첩'이 마치 확실한 증거가 되는 것처럼 보도했습니다. 하지만 수첩이 기록으로서 증거력을 갖기 위해서는 일정한 요건을 갖추어야 한다는 사실은 간과했습니다.

문제의 수첩은 안종범 씨가 청와대 경제수석에 취임한 2014년 6월부터 검찰에 긴급체포되기 전인 2016년 11월 1일까지 2년여간 자신의 개인 일정을 기록한 메모용 수첩입니다. 정확히 어떤 형태의 자료인지 실물을 본 적이 없지만, 수첩은 모두 63권이었고 그중 57권이 증거로 채택되었다고 합니다.[3] 그나마 그 57권 중에서도 16권은 최순

---

3   우종창, 『어둠과 위선의 기록』, 285-291쪽 참조.

실 게이트가 터진 후 안종범 씨가 언론 보도를 근거로 새롭게 정리한 것이라고 합니다. 결국 안종범 씨가 재직 기간중 실제로 사용한 원래 수첩은 39권뿐이라는 겁니다.

검찰 수사보고서는 안종범 업무수첩을, 날짜순으로 작성한 원래의 '구 업무수첩'과 사건 발생 후 언론 보도를 보고 다시 정리한 '신 업무수첩'으로 구분했습니다. 2015년 7월 6~19일은 '신 업무수첩'을, 19~20일 이틀간은 '구 업무수첩', 7월 28일부터 8월 11일까지의 기간은 다시 '신 업무수첩'을 증거로 제출했다고 합니다.

개인적으로 드는 의문은, 안종범 씨는 왜 사건이 발생한 후에 굳이 수첩을 새로 작성했을까, 그리고 검찰은 왜 어떤 공소사실은 '신 수첩'을, 또 어떤 사실은 '구 수첩'을 증거로 삼았는지 하는 것입니다. 특히나 사건 발생 후 '신 수첩'을 작성한 것은 감사를 대비하기 위한 것이었다는데, 새로 작성한 시점도 그렇고 더구나 당시 대통령 탄핵이 기정사실화되어 가던 상황에서 조사를 받게 될 사람의 심리상 객관성을 담보할 수 없어 증거로서 가치를 기대하기 어려워 보여서입니다.

정부 부처나 공공기관, 사기업 할 것 없이 웬만한 조직은 세밑이 다가오면 조직의 특성을 반영한 업무수첩을 제작해 나눠 주곤 합니다. 업무수첩은 업무중 각종 지시사항, 협의 사항들을 메모하고 정리하는 용도로 주로 사용됩니다. 업무 관련 외에 개인적인 일정이나 관심사항을 적는 등 사적인 용도를 겸해 사용하는 사람도 많습니다. 그리고 업무수첩이라 해도 엄연히 개인의 수첩인데 기관이나 조직이 관리하거나 내용을 점검한다는 얘기는 못 들어 봤습니다. 누구에게 보이기 위한 게 아니니, 사용자는 자기만 아는 방식으로 기재하게 마련입니다. 성격이 꼼꼼해서 시시콜콜 적어 놓는 사람이라 해도 모든 사실을 그대로를 받아 적기보다는 자기가 이해한 대로, 자기만 아는 방식으로 적는 게 보통이라서 지시사항과 자기 생각이 뒤섞이는 경우도 많습니다. 수첩에 적힌 내용만 봐서는 그것이 자기 생각인지, 누군가의 지시인지, 회의에서 제3자가 말한 것인지, 수첩 주인 자신도 명확하게 구분해 내기 어려울 수 있다는 얘기입니다.

안종범 씨는 어떤 스타일이었는지는 모르지만 대부분의 공무원들이 그렇듯 늘 업무수첩에 메모를 하는 사람인 것은 분명해 보입니다. 한편 생각하면 국가의 중요한 경제 정책을 조율하는 자리에 있는 사람으로서 자신의 기억에만 의존하지 않고 메모를 해 가면서 일하는 것은 바람직하기도 합니다.

아무튼 '안종범 수첩'은 법정에서 대통령의 죄를 판단하는 증거로서 제출되고 채택되었습니다. 그런데, 수첩이 과연 '증거력을 갖는 기록'이 될 수 있을까요?

『기록학 용어 사전』은 '기록'을 이렇게 정의하고 설명합니다.

> 기록은 개인이나 조직이 활동이나 업무 과정에서 생산하거나 접수한 문서로서, 일정한 '내용'과 '구조'와 '맥락'을 가진다. '내용'은 기록의 내실을 구성하는 문자 데이터 기호, 숫자 이미지, 소리, 그림, 기타 다른 정

보이고, 기억의 확장으로서 시간이 지난 후에도 다시 불러 반복적으로 재인용할 수 있도록 정보로서 고정될 수 있는 기록의 힘은 기록의 가장 중요한 개념적 요체이다. (⋯) '구조'는 기록의 물리적 특성, 내용의 내적 편제를 의미한다. 즉 기록의 구조는 내용을 명백하게 이해할 수 있도록 해주는 형식이다. (⋯) '맥락'은 기록의 생산, 입수, 저장 또는 활용을 둘러싼 조직적, 기능적 환경과 활동상의 정황을 의미한다. 맥락에는 기록의 일자, 생산처, 편찬, 발간, 다른 기록과의 관계 등이 포함된다. (396쪽)

'안종범 수첩'이 증거로서 가치 있을지 수사와 재판의 논리는 잘 모르지만, 기록 전문가 입장에서 사전에 나온 설명대로 '내용, 구조, 맥락' 측면에서 살펴볼 수 있습니다.

우선 '내용'은 제3자가 인지할 수 있는 문자나 기호 혹은 그림 등으로 작성되어 있어야 합니다. 증거로서 제출하고 채택하려면 내용을 판독했을 테니 이 부분은 충족되었을 것이라 짐작됩니다.

다음 '구조'에서는 수첩의 외형, 형식, 모양이 중요합니다. 그리고 증거가 되기 위해서는 물리적인 구조 변경이나 삭제가 이루어지지 않았어야 합니다. 예를 들어 낱장을 제거하거나 갈아 끼우기 쉬운 바인더 형식의 수첩이라면 소지자의 의도에 따라 정황을 바꿀 수 있기 때문에 증거로서 가치가 뚝 떨어집니다. 바인더가 아니고 통제본된 수첩이고 찢긴 흔적도 없다면 바인더 식보다는 증거로서 가치가 올라갈 수 있지만, 만약 기록자가 수첩 공간을 여유 있게 안배하며 썼다면 중간에 다른 내용을 삽입하거나 기록 내용을 변경할 여지가 있어서 역시 증거로 선뜻 활용하기 애매할 수 있습니다.

문제 되는 날짜나 기간의 기록 내용을 임의로 제거, 삽입, 변경했는지는 결국 '맥락'을 봐야 합니다. 수첩 페이지마다 날짜나 일련번호가 매겨져 있어 적힌 내용의 앞뒤 맥락을 확인할 수 있다거나, 글씨체가 일관성 있게 수첩 소지자의 필체인지 같은 것들입니다.

안종범 수첩이 이와 같은 '기록'의 모든 요건을 갖추어 증거로 채택되었는지는 알지 못합니다. 다만, 범죄사실 날짜에 따라 원래의 '구 수첩'과 사건 후 다시 작성한 '신 수첩'을 왔다갔다 하며 적용했다면, 수사하는 측에 유리한 것만 선별해 증거로 제출했고 그것을 채택했다는 뜻으로 해석될 소지가 큽니다.

기록물관리법 시행규칙은 기록물의 정리와 등록 절차를 기록물철이나 파일 보관함 그림같이 세세한 것들까지 '별표'와 '별지(서식)'들로 규정하고 있습니다. 기록물을 파일로 묶을 때 표지는 어떻게 하고, 색인은 어떻게 기술하며, 기록 유형별로 기록을 담는 봉투의 사이즈, 기록을 마이크로필름 등 다른 매체로 전환하기 위한 절차 등 거의 책 한 권 분량입니다. 국가 법령이 이런 시시콜콜한 내용까지 다루나 싶을 만큼 구체적으로 규정하고 있는 것은, 하나의 문건이 기록으로 인정받고 증거로서 가치까지 지니기 위해서는 그만한 요건과 절차를 갖춰야 한다는 뜻입니다. 이는 공무원이 작성한 종이나 정부 시스템에서 나온 문건이라고 해서 다 '기록'이 아니라는 뜻입니다. 하물며 개인이 작성한 일기나 수첩이 범죄의 증거로까지 사용되기 위해서는 훨씬 더 까다로운 '기록'의 요건을 충족해야 합니다. 특히나 문제가 발생한 이후 감사나 조사에 대비해 과거로 소급해 새롭게 작성한 수첩의 내용이 과연 어떤 사건의 객관적인 증거가 될 수 있을지, 기록관리 측면에서는 의구심을 가질 수밖에 없습니다.

일반규범인 법령이 모든 구체적인 사항을 예견하고 규율하는 데는 한계가 있을 수밖에 없습니다. 자고 일어나면 새 법령들이 쏟아지는 사회가 바람직한 사회라고 할 수만도 없습니다. 결국 이 문제도 우리 사회에 기록과 관련한 문제의식이 미흡한 데 기인합니다. 우리 기록관리 전문가들이 관(官)과 언론, 일반 국민을 상대로 때맞춰 올바른 문제 제기를 하고 평소 기록관리의 중요성을 널리 알리지 못한 탓도 있을 겁니다. 늦었지만 이제부터라도 어떻게 개선해 나갈지, 전문가들과 기관 각자의 고민과 반성을 하나로 모을 때입니다.

'세월호 7시간'과 신뢰

한국 사람 누구에게나 트라우마처럼 기억될 세월호 사고가 일어난지 3년이 되어 갈 때였습니다. 광장은 주기적으로 세월호를 소환하며 그 책임을 대통령에게 묻고 있었습니다. 사고 당시 대통령의 행적을 분 단위로 내놓으라고 추궁하며, 한창 심리중이던 대통령 탄핵의 당위성에 힘을 실어 주었습니다. 올림머리 하느라 중앙재난안전대책본부(중대본)에 2시간이나 늦게 나타났다느니, 성형 시술을 받았다느니 하는 뉴스로 TV와 인터넷 포털은 종일 난리가 났습니다. '길라임'이라는 가명으로 성형외과에서 가명으로 진료를 받았다느니, 청와대가 대량으로 비아그라를 구입했다느니 하는 뉴스로 대통령의 '딴짓'은 기정사실이 되어 갔습니다. 우리나라처럼 강력하게 의료기록을 관리하는 나라에서 가명으로 피부과를 들락거리거나, 예순이 넘은 여성 대통령이 '특정 용도'로 비아그라를 썼다는 황당한 이야기가 사실일까 싶지만, 그 어떤 합리적인 의심도 이제는 구차한 변명이 되어 버리고 있었습니다.

그런 황당한 소문보다, 나중에 어느 언론사 인터넷판에 실린 기사[4]가 훨씬 더 사실에 가까워 보였습니다. 세월호 당일 대통령이 중대본을 방문하기로 한 시각쯤에 누군가가 차로 중대본 정문을 들이받았고, 해당 사고 처리 때문에 대통령의 방문이 늦어졌다는 소식이었습니다. 중대본의 정문을 대낮에 누가 왜, 그것도 하필이면 대통령 방문을 앞둔 시간에 들이받았을까? 강한 의문이 들지만, 해당 기사는 포털 대문에는 걸려 보지도 못한 채 인터넷 쓰레기 더미 속 어딘가에 여전히 남아 있습니다. 차량이 중대본 정문을 뚫고 들어온 상황에서 대통령에 대한 경호 조치에 비상이 걸리는 건 충분히 있을 수 있는 일인데, 재판에서나 언론에서나 이 사건이 그다지 주목받지 못했습니다. 대부분의 사람들이 모르고 있었을 뿐 아니라, 사람이란 보고 싶은 것만 보려는 습성이 있기 때문이기도 합니다.

---

4 "朴대통령측, '세월호 당일 중대본 늦은 이유는 머리 손질이 아니라 "교통사고" 때문'… 헌재에 자료 제출", 조선일보 2017. 3. 4.

헌법재판소 탄핵심판 박근혜 대통령 대리인단이 2017년 3월 4일 헌재에 제출한 동영상의 한 장면. 세월호 당일 대통령의 방문 직전에 중대본 정문을 들이받은 자동차(왼쪽)를 경찰 견인 차량이 끌어낼 준비를 하고 있다.

사실 세월호 같은 사고에서 당시 '대통령의 7시간' 같은 것보다 더 중요한 건 정부의 재난관리 시스템입니다. 국가적으로 큰 재난이 일어나면 작동되도록 기존의 사건, 사고를 토대로 하여 일어날 수 있는 모든 주요한 경우의 수들이 사전에 상정되고 시나리오별로 구조 및 대응 프로그램이 수립되어 있어야 합니다. 특히 재난 대응 매뉴얼과 구조 프로세스에 따른 행동 지침은 전쟁처럼 통치권자의 결단이 필요한 종류의 재난이 아니라면 대통령의 일정과 무관하게 돌아가야 정상입니다. 아니, 대통령이 뭐라고 명령하든 재난 대응은 전문가의 의견과 재난관리 매뉴얼을 우선적으로 따라야 합니다. 대통령이 재난 컨트롤 타워 역할을 직접 하거나 심지어 현장에 얼굴을 비춰야 일이 돌아

간다면 그거야말로 큰 문제입니다. 모든 재난 현장을 대통령이 뛰어다녀야 구조가 더 잘 이루어진다면야 재난 전문가를 대통령으로 뽑기만 하면 안전한 나라가 되겠지요. 대통령은 그저 필요한 자원을 동원하고 배치하는 최종 권한과 책임을 가질 뿐이고, 대부분의 실무적 권한과 책임은 미리 각 조직에 적절하게 위임되어 있어야 합니다.

세월호 그날의 경우, 진짜 따져 봐야 할 것은 대통령의 7시간이 아니라, 그런 사고에 적절히 대처할 재난 대응 매뉴얼이 사전에 수립되어 있었는지, 사고 현장에서는 매뉴얼에 따라 필요한 조치가 신속하게 잘 이뤄졌는지, 컨트롤 타워는 관련 부처 책임자와 분야별로 위임을 받은 전문가와 자원들을 적시에 적절하게 배치하고 통제하고 있었는지입니다. 세월호 사고처럼 긴급한 조치가 요구되는 상황에서는 대통령보다 오히려 해당 지역의 구조 전문 기관과 지자체장의 역량과 수행과 리더십이 더 중요합니다. 굳이 대통령의 역할을 따진다면 대통령의 승인이 필요한 부분은 무엇이었는지, 그리고 그와 관련한 대통령의 의사결정이 적시에 적절하게 이루어지지 못한 부분은 없었는지를 따져야 합니다.

재난관리가 어려운 것은, 아무리 대비를 잘해 놓아도 피할 수 없는 경우가 발생하게 마련이기 때문입니다. 그래서 재난관리는 "첫째가 예방"이라고들 합니다. 대부분의 경우 예방 비용이 사후 복구 비용보다 훨씬 적게 들고, 더구나 인명과 관련된 일은 비용을 산정할 수 없기 때문입니다. 예방 다음으로 중요한 것은 유사한 사고가 재발하지 않도록 하는 것입니다. 관련 조직과 전문가들은 사고의 원인과 조치

과정을 사후적으로 상세히 분석하고 문제점을 발견하고 개선 대책을 수립해서, 유사한 사고가 다시 반복되지 않도록 시설과 시스템을 정비하고, 관련 매뉴얼과 지침을 점검·수정·보완해 놓아야 합니다. 그런 일이 다시 있어서는 안 되겠지만 만에 하나 세월호 같은 불행한 사고가 다시 일어난다 해도, 구조 등 현장 대응은 대통령이 그 시각에 어디서 무얼 하고 있는지와 상관없이 이뤄져야 합니다. 그러려면 재난관리 조직별로 정확한 직무책임과 권한이 부여되어야 하고, 필요한 자원과 설비가 적시에 적소에 배치되어야 합니다. 우리 사회는 대통령이나 정부 관료들에게 과도하게 높은 기대치를 가지고 있습니다. 따질 필요도 없는 '대통령의 7시간'을 따지면서 심지어 대통령이 여성인 것을 자꾸 결부시키는 것도 당치 않습니다. 대통령은 그냥 국가의 최고 의사결정권자일 뿐입니다.

세월호 배 아래에서 어른들만 믿고 천진난만하게 구조를 기다리던 아이들, 그 죽어 가는 아이들을 위해 아무것도 할 수 없었던 부모들을 생각하면 지금도 가슴 한구석이 먹먹해지도록 아픕니다. 가라앉는 배의 모습을 바라보면서도 아무것도 할 수 없었던 자괴감과, 아이들을 배에 둔 채 속옷 바람으로 탈출하는 선장의 탈출 장면은 앞으로도 한참 동안 우리 모두의 트라우마로 남아 있을 것입니다. 충격과 절망으로 인한 회한과 통한은 자연스럽게 원망의 대상을 찾게 만듭니다. 대통령이 바다를 헤엄쳐 가서 구조할 수는 없다는 걸 모르는 사람은 없을 테지만, 재난을 당한 사람들에게 원망의 대상은 당연히 정부이고 대통령이 될 수밖에 없습니다. 유가족들이 사고의 진짜 원인과 문제,

본질적 해결 방안에 대해 합리적으로 생각하지 못해서 대통령의 7시간과 성형 논란에 매달리는 것도 아닐 것입니다. 그러나 정부와 관련 조직 그리고 전문가들은 달라야 합니다. 대통령의 7시간 행적과 성형외과 기록을 뒤지는 대신에 세월호라는 배가 왜, 어떻게 불법으로 구조변경되었는지, 그 과정에서 누가 주도적 역할을 했고 관할 기관은 왜 승인을 해 주었는지, 평형수를 빼고 적재 차량들을 고정하지 않는 것을 방치한 사람은 누구인지 등등, 인적·시스템적·절차적 측면에서 철저하게 분석하고 재발 방지 대책을 내놓아야 합니다.

세월호 사고 몇 년 전, 후쿠시마 원자력발전소가 있는 일본 도호쿠 지방에 지진 쓰나미가 닥치면서 바닷가 집들과 도로 위의 차들이 거대한 파도에 휩쓸려 가는 처참한 장면을 TV생중계로 보던 기억이 생생합니다. 블록버스터급 재난 영화에서나 볼 법한 처참한 실화를 마치 실시간 스포츠 중계를 보듯 종일 지켜봐야 했습니다. 현장 근처 바닷가에서 발을 동동 구르던 아나운서의 생생한 중계와 해설이 과연 사람들을 구조하는 데 얼마나 도움이 되었는지 잘 모릅니다. 다만, 미디어가 주도하는 세상이 낯설다 못해 무섭던 기억은 지금도 남아 있습니다.

　일본의 지진 쓰나미 사태는 여러 가지 면에서 일본이라는 나라에 대해 새롭게 생각하게 된 사건이었습니다. 일본은 지진 대비 시스템이 세계에서 가장 잘되어 있는 나라로 알려져 있습니다. 그런 나라가 거대한 쓰나미가 오는데 사전 예고와 경고는 왜 적절하게 이루어지지 않았는지, 바닷가 도로로 진입하는 차량들을 왜 사전에 통제하지 못했는지, 집 안에 있던 사람들이 꼼짝없이 파도에 휩쓸려 가도록 왜 대피 안내가 없었는지 등등 많은 의문이 듭니다. 비록 남의 나라 일이지만 답답한 마음과 함께, 천재지변 앞에서 우리 인간의 능력이란 결국 얼마나 초라한지 새삼 깨달았습니다.

하지만 개인적으로 가장 인상적이었던 것은 사고 이후 일본 사람들의 반응과 태도입니다. 조용하고 차분하게 자신들의 상황을 받아들이고, 슬픔과 분노를 쏟아 내는 대신 마치 감정이란 것이 없는 사람들처럼 정부의 사후 조치에 순응하며 협조하는 그들의 모습은, 세월호 사고 후 여러 해가 흐른 지금까지도 정부와 대통령을 향해 분노를 거칠게 쏟아 내는 우리 사회 일각의 모습과는 너무나 달랐습니다.

무엇이 이런 차이를 만들었을까요? 오랜 기간 사회 저변에 누적된 관습, 문화, 국민성의 차이가 물론 있겠지만, 결국은 정부와 국가에 대한 국민들의 신뢰 차이 아닐까 생각합니다. 세월호 유족의 아픔을 어루만지는 것 못지않게 중요한 것은 대통령과 정부 시스템에 대한 국민의 신뢰입니다. 공무원들은 사고 현장에서 라면은 먹지 말아야 하고, 재난이 닥친 날 대통령은 머리 손질을 하지 말아야 한다는 매뉴얼이 만들어진다고 해서 정부에 대한 국민의 신뢰가 높아지지는 않을 겁니다. 선진국일수록 사람에게 의지하기보다 절차와 시스템을 만들어 나가는 데 공을 들입니다. 우리 사회도 이제는 대통령이든 장관이든 사람에게 의지하기보다 합리적인 제도와 시스템을 구축하고, 사회가 합의한 제도와 시스템을 누군가의 실수나 태만, 올바르지 못한 의도가 망가뜨리지 못하도록 점검하고 지키는 일에 힘을 쏟아야 합니다. 그러지 않으면 세월호 같은 사고는 반복적으로 일어날 것이고, 그때마다 우리는 사회적 갈등과 신뢰비용을 지불하며 살아야 할 겁니다.

너무나 다른 '승마 선수 정유라' 기록
—브리태니커와 위키피디아

십여 년 전까지만 해도 『브리태니커 백과사전(Encyclopedia Britannica)』은 도서관이나 공공기관 자료실이라면 필수적으로 비치해야 하는 기본 장서 중 하나였습니다. 1768년 영국에서 처음 출판된 이래 판을 거듭하면서 학술적 권위를 자랑함은 물론 사람들의 지식에 대한 욕구와 궁금증을 채워 준 브리태니커는 워낙 질 좋은 종이와 고급스러운 제본, 정교한 인쇄 기술로 제작되기도 해서, 굳이 읽으려고만 아니라 장식용으로도 충분히 가치가 있는 책이었습니다.

그 브리태니커가 2012년 3월부터 더 이상 종이책 출판을 하지 않고 있습니다. 물론 사전 내용은 '온라인 브리태니커'로 고스란히 제공되고 있지만, 그 권위와 명성도 예전만큼은 아닌 것 같습니다. 개인적으로 종이책에 대한 향수가 있어서, 두꺼운 백과사전을 펼쳐볼 때 나는 특유의 종이 냄새와 금장색 타이틀이 음각으로 박힌 하드커버의 무게감을 더 이상 느끼지 못하는 것도 아쉽습니다. 하지만 모든 것이

빠르게 변해 가는 디지털 시대에 지식의 변화 속도를 종이책이 따라 잡을 수는 없기에 어쩔 수 없는 시대적 숙명이라 생각합니다. 어디 백과사전뿐인가요. 디지털 시대는 우리의 삶을 바꾸고, 삶을 기록하고 담는 방식을 총체적으로 변화시키고 있습니다.

그리고 이제는 백과사전의 개념 자체가 달라지고 있습니다. 인터넷 포털에는 새로운 개념의 참여형 온라인 사전들이 빠른 속도로 자리를 잡아 가고 있습니다. 대표적인 것으로 '위키피디아(위키)'와, 유사한 방식으로 우리나라에서 운영되는 '나무위키'가 있습니다. 위키와 나무위키는 누구나 인터넷에 접속해 지식과 정보를 올리고 기존 내용을 수정·보완할 수 있는 온라인 백과사전들입니다. 일정 자격요건만 갖추면 누구나 참여해서 내용을 편집하거나 삭제할 수 있습니다.

얼마 전에는 조국 전 법무부장관 딸 조민 씨가 나무위키에 자신과 관련된 정보를 삭제해 달라고 요청하기도 했다지요. 기사에 따르면 조민 씨는 '조국사태', '논문 논란', '장학금 특혜 논란' 등 자신과 관련된 게시물 삭제를 요청했다고 합니다. 조민 씨는 앞서 2019년 8월에도 나무위키에 '단국대학교 의학논문 제1저자 부당 등재 논란' 등 내용을 삭제 요청한 적이 있는데, 해당 문서들은 임시 조치되었다가 작성자가 이의 제기를 해서 복구되었다고 합니다.[5] 나무위키의 내용 편향성 논란과 편집자들 간의 갈등 문제도 하루 이틀 된 문제가 아닙니다. 나무위키는 2018년에도 '최순실 태블릿 PC 조작설' 항목과 관련된 핵심

---

5 "'본인입니다'… 조국 딸 조민, 또 '나무위키'에 게시물 삭제 요청", 조선일보 2021. 7. 10.

증거를 대거 누락했다고 비난받기도 했습니다.[6] 위키 형식의 소위 참여형 사전이 빚어내는 디지털 시대의 새로운 풍조입니다.

백과사전의 개념이 브리태니커 때와 달라진 오늘, 이런 변화는 모두를 설득할 수 있는 절대적 진실을 찾아내기가 힘들어졌다는 것을 뜻하기도 합니다. 얼핏 지식의 무한대 자유가 열린 듯도 보이지만, 사실 인간에게 '자유는 진리 안에 있을 때 오히려 가능하다'(「요한복음」 8장 32절 참조)는 사실에 비추어 보면 어쩌면 가면 갈수록 우리는 온전한 자유를 누릴 수 없을지도 모릅니다.

조국 일가보다 몇 년 앞서 국민들의 공분을 산 정유라 씨 관련 내용도 나무위키에 올라와 있었는데, 그녀에 대한 상반된 기록들이 인상적이었습니다. 하나는 정유라 씨의 초등학교 때부터의 승마대회 경기 실적 기록이었고, 다른 이가 올려놓은 글은 그녀에 대한 매우 주관적인 평가였습니다.

앞 기록에 올려놓은 경기실적증명서는 2014년 4월 대한승마협회에서 발급한 것으로 되어 있는데, 정유라 씨가 2007년부터 승마대회에 참가하기 시작해서 매번 1위를 한 것으로 나와 있습니다. 가끔 2위나 3위를 한 적도 있지만 2014년까지 최소 8년간 매해 열 번 이상의 경기에 출전했고, 그중 1위를 한 것이 85퍼센트 이상으로 나타납니다. 증명서의 진본을 직접 확인해 보지 않았지만, 만약 진본이라면 정

---

6 "나무위키가 절대로 언급하지 않는 태블릿PC 조작증거 9가지", 미디어워치 2018. 9. 3.

유라 씨의 승마 실력을 가타부타하는 것은 온당치 않을 것 같습니다.

반면, 2020년 1월에 찾아본 나무위키에 누군가 올린 내용은 앞의 승마 성적 글과 많이 다른, 매우 주관적인 필치의 글이었습니다. 예를 들면 이런 식입니다.

> "실력도 없으면서 부모 덕분에 부정으로 좋은 대학에 들어간 파렴치한 사람."
>
> "학교 생활도 허구한 날 출석하지 않은 불성실했던 학생."
>
> (중고등학교 출결 현황을 제시하며) "고졸 박탈은 정당했다."

아무리 개인들의 자유로운 견해를 반영하는 사이트라지만 그래도 백과사전인데, 사전 엔트리가 기본적으로 갖추어야 할 원칙과 형식도 지켜지고 있지 않았고, "형용사를 사용하지 말라"라는 위키피디아의 편집 가이드와도 거리가 있는 내용이었습니다. 근 2년 지난 요즘 들어가 확인해 보니 누군가 다른 이가 내용을 새로 편집한 듯, 위와 같은 내용은 지워지고 없습니다.[7] 하지만 저처럼 그 글이 대체되기 전에 찾아봤던 사람들 중에는 그 정보를 객관적 사실처럼 인식하고 있는 사람들이 적지 않을 것입니다.

사실 다수의 검증되지 않은 참여자들이 올리는 정보로 만들어지는 온라인 사전에서 옛날 브리태니커 같은 공신력 있는 정보를 기대

---

7 나무위키 '정유라'.

하기는 어렵습니다. 하지만 그렇다 하더라도 최소한 '백과사전'이라는 타이틀에 걸맞게 지식의 권위를 지키려는 나름의 노력은 필요해 보입니다. 오늘날 위키피디아가 사람들에게 필요한 방대한 정보를 제공해 주고 있음에도 논문이나 보고서를 쓸 때 마음 놓고 인용하기 주저되는 것은 바로 이러한 문제가 있기 때문입니다.

아무튼 전혀 상반된 내용의 두 글을 보니 정유라 씨가 어떤 사람일까 개인적으로 궁금해졌습니다. 그리고 국제승마연맹(Fédération Équestre Internationale) 사이트에서 그녀에 대한 정확한 정보를 확인할 수 있었습니다.

국제승마연맹 사이트에는 그녀가 2014년부터 수많은 국제승마대회에 참가해 거둔 성적과 기록이 아직 빼곡하게 남아 있었습니다.[8] 그녀의 기록은 2016년 10월로 끝나 있었지만, 그녀가 어떤 대회에서 어떤 성적을 냈는지 간략하게 기록된 숫자들이 그녀에 대한 더 많은 이야기를 해 주는 것 같았습니다. 특히 선수 소개란에 적혀 있는 "2020년 도쿄 올림픽 참가 기대(To compete at the 2020 Olympic Games in Tokyo)"라는 한 줄은 그녀도 우리처럼 꿈과 희망을 가진 평범한 사람이라는 당연한 사실을 새삼스럽게 느끼게 해 줍니다. 어쩌면 그녀는 지금까지 치른 그 어떤 곤욕보다도 2020년 도쿄 올림픽(코로나19 때문에 실제는 2021년에 무관중으로 치러졌지만)에 나가고 싶던 꿈이 좌절된 데 더 큰

---

8 http://www.fei.org/bios/Person/10110814/Yoora_CHUNG/1 (2020. 1. 20 접근).

아픔을 느끼고 있을지도 모릅니다.

　구구절절 수식어가 많았던 나무위키의 예전 글보다, 국제승마연맹 사이트의 간략한 성적 기록과 "도쿄 올림픽 참가 기대"라는 소개글에서 오히려 그동안 몰랐던 정유라 씨의 삶의 이야기를 들여다 본 것 같았습니다. 그리고 그녀도 우리와 같이 꿈을 꾸고 실패하고 좌절하면서 삶을 살아가는 그저 평범한 사람이라는 것을 새삼 느꼈습니다. 그녀가 앞으로 아이들의 좋은 엄마로 행복하게 잘 살아가면 좋겠습니다.

　굳이 조국 교수의 두 자녀와 정유라 씨를 직접 비교하고 싶지는 않습니다. 다만, 아직도 살아갈 날이 더 많이 남은 젊은이들이 자신이 의도했든 않았든 사회적으로 지탄의 대상이 되고 분노의 화살을 받게 한 우리의 못난 모습이 더 이상 반복되지 않았으면 좋겠습니다. 언젠가는 이 뜨거운 시간도 지나갈 것이고, 그때는 지금 우리가 공격하고 심판하고 있는 사람들을 좀 더 냉정해진 머리와 따뜻한 가슴으로 다시 돌아볼 여유가 있기를 기대해 봅니다.

4
숨겨진 진실
2020년 총선, 부정선거일까

동전 천 개 던져 같은 면 나오기
—게임의 룰이 바뀌었나

2020년 4월 15일 제21대 국회의원총선거가 끝나고 다음 날 아침, 핸드폰을 여니 SNS와 유튜브는 선거 결과에 나타난 '이상한 통계' 이야기로 어수선했습니다. 여러 지역에서 이쪽 동네 사람도 저쪽 동네 사람도 모두 63퍼센트는 기호 1번 후보를 찍고 36퍼센트는 2번을 찍었다는 겁니다. "동전을 천 개 던져 모두가 같은 면이 동시에 나올 확률보다 낮다"는 어느 통계학자의 말을 빌려 오지 않더라도, 상식적인 일이 아닌 건 분명해 보였습니다.

그런데 평소에 여야 간 다툼으로 조용할 날이 없던 국회는 막상 총선이 끝나고 나니 대승을 거둔 여당이나 참패한 야당 할 것 없이 약속이라도 한 것처럼 유난히 조용했습니다. TV와 주류 언론에서는 역대급 승리를 거둔 여당의 겸손한 듯 어두운 얼굴을 한 사람들의 감사 인사와 늘 보는 정치평론가들의 그렇고 그런 평론만 나올 뿐, 이상한 선거 데이터에 대해서는 언급조차 없습니다.

하지만 주류 언론과 미디어 방송이 조용하다고 해서 두리뭉실 지나가는 세상이 더 이상 아닙니다. 괴상한 소문들이 퍼져 나가면서, 통계 좀 공부했거나 엑셀 좀 다루는 사람들은 너도나도 호기심 반, 의구심 반으로 선관위 홈페이지에서 개표 결과 데이터를 내려받아 이리저리 분석해 보기 시작했습니다. 어떤 학원 강사는 비상식적인 결과치가 나온 엑셀 자료를 SNS에 공유하기도 하고, 어떤 엔지니어는 선관위 홈페이지의 선거 데이터 전체를 내려받아 분석하는 과정과 지역구별로 비정상적인 그래프가 나오는 장면을 밤을 새워 가며 실시간으로 유튜브로 중계하기도 했습니다. 개표 과정에 참관인으로 들어갔다는 어떤 사람은 자신이 개표 현장에서 핸드폰으로 찍은 영상을 천천히 돌리면 이상하게 2번 표가 1번으로 카운트되는 장면이 나온다면서 누가 해석 좀 해 달라고 영상을 올리는가 하면, 또 어떤 사람은 개표장에서 투표용지들이 붙어 있는 것을 개표 담당자가 일일이 떼어 내는 영상을 올리기도 했습니다. 이러한 의혹들이 시간이 지나면서 해결되거나 잦아들기는커녕, 오히려 갈수록 더 많은 의혹들이 꼬리에 꼬리를 물고 쏟아져 나왔습니다.[9] 결국 사람들은 유튜브에만 머물지 않고 검은색 티셔츠와 검은 우산을 들고 거리로 나서기 시

---

9 김학민, 『검증가능한 투표: 제21대 4·15 총선 부정선거 백서 및 디지털 인지 감수성』 (KHM, 2020), 203쪽 참조.

작했습니다.

어느 변호사가 정리한 당시 의혹들을 보면 그냥 지나가도 될 만한 문제가 아니라는 것은 누구나 알 수 있습니다.

- 더불어민주당과 미래통합당 후보 간 사전투표 득표 비율이 63 대 36 이라는 이상한 통계가 서울 동대문갑을 비롯해 전국적으로 17개 지역구에서 나타났다.
- 서울 종로 외 10개 지역구에서는 민주당과 통합당의 관내 득표 비율과 관외 득표 비율이 동일하다.
- 법으로 정해져 있는 투표지의 바코드 대신 QR코드 사용과 QR코드 52개의 암호화된 코드가 존재한다는 의혹이 있다.
- 개표장에서 찍은 영상에는 포스트잇처럼 붙어 있는 투표지들이 나오지만, 개표사무원은 문제를 제기하지 않는다.
- 경기 여주에서는 관외 사전투표지를 파쇄한 흔적이 나오고, 경기 구리 선관위는 관외 사전투표함을 CCTV가 없는 헬스장에 보관했다.
- 어떤 곳에서는 기표하지 않은 투표지가 무더기로 발견되었다.
- 개표 후 투표지를 빵 상자에 보관한 사례도 있고, 투표함을 봉인하는 특수봉인지는 떼면 흔적이 남지 않는 전혀 특수하지 않은 봉인지를 사용했다.
- 선관위의 통합선거인명부 제출 요구가 거부되고 기각되었다.

분명히 상식적이지 않은 일들이 벌어졌고 그 후 1년도 훨씬 넘는 시간이 지나갔지만, 세상은 겉으로 크게 달라진 게 없는 듯합니다. '부정선거'라는 말은 여전히 '극우'나 '미친 사람'으로 분류되는 일부에게만 관심 대상일 뿐입니다. '부정선거'든 '부실선거'든, 사실 여부와 상관없이 온라인상에서 심각한 논란이 되고 있고, 평범한 시민들이 검은 티셔츠를 입고 '부정선거' 피켓을 들고 거리를 헤매고 다닙니다. 그런데도 선거를 주관하는 정부 기관이나 이해 당사자인 정당이나, 주류 언론이나 모든 공기관들의 침묵과 무관심은 무엇을 의미하는지 알 수 없습니다. 어쩌면 그 침묵이 부정선거 논란보다도 더 기이합니다.

그러나 발이 없어도 천 리를 가는 게 말입니다. 더구나 요즘 같은 인터넷 시대, 이 특이한 현상의 소문은 계속 퍼져 나가, 지금은 2020년 총선이 부정선거였다는 주장에 제법 힘이 실리고, 설령 부정선거까지는 아니었더라도 '선거 시스템의 부실'이라는 말 정도는 나오는 상황이 되었습니다. 이 정도라도 사람들의 인식이 바뀐 것은 그나마 스스로 '극우', '또라이'가 되기를 자청한 사람들의 지속적인 노력 덕분일 것입니다. 그들 대부분은 작은 사업체 사장, 학원 수학 선생님, 평생 프로그래머로 일하던 컴퓨터 엔지니어 같은 평범한 소시민들과, 기득권을 포기한 소수의 변호사와 학자들입니다. 평소 정치 활동이라곤 몇 년에 한 번씩 투표장에 나가는 일이 다였던 사람들이 총선 후부터 갑자기 생업을 뒷전으로 미루고, 어떤 이는 학교 때 배웠던 통계학 책을 다시 펼쳐들고, 평생 생업에 전념했던 컴퓨터 엔지니어는 '투표지분류기'라 불리길 원하는 '전자개표기'와 관련된 자료들을 구해서 자기 지식을 총동원해 분석했습니다. 예나 지금이나 공동체를 살리고 떠받치는 사람들은 그저 평범하고 힘없는 사람들이라는 진리를 새삼 느끼게 합니다.

그럼에도 우리 사회는 여전히 '부정선거'라는 말을 공개적으로 할 수 있는 분위기는 아닙니다. '가로세로연구소(가세연)'라는 유튜브 채널에서 130곳의 선거구에 대해 선거무효소송을 제기했지만 1년이 훨씬 넘도록 재검표가 이루어진 곳은 단지 3곳뿐이고, 그마저도 대법원은 재판을 하지 않고 있습니다.

행정안전부, 2020년 4·15 총선 캠페인 광고

4·15 총선을 앞두고 한국광고총연합회가 주관한 광고대회에서 '베스트 크리에이티브'상을 받은 행정안전부와 한 의류업체의 투표 독려 캠페인 태그의 문안에서는 '한 표의 가치'를 4,700만 원이라고 했습니다. 산출 근거는 국회의원 임기 4년 동안 심의할 정부 예산 추정치를 유권자 수로 나눈 값이라고 합니다. 즉, 자신이 행사하는 한 표의 가치가 어느 정도인지를 유권자들이 체감하도록 해서 신중하게 투표권을 행사하도록 독려하기 위함이라는 설명입니다. 한 표의 가치를 액수로 홍보한 덕인지 4·15 총선 투표율은 예년에 비해 높았습니다. 그 총선이 끝난 지가 언젠데, '한 표의 가치'를 따지던 정부 공무원들은 "선거 관련 이의신청이나 재검표는 180일 이내에 해야 한다"는 공직선거법 조항(제225조)조차 외면하고 있습니다.

다행인지 불행인지 1년 4개월 만에야, 그것도 겨우 3곳에서 행해진 재검표 현장에서 중요한 물적 증거들이 쏟아져 나왔습니다. 그동안 통계, 영상, 사람들의 증언 등 심증으로만 가졌던 의혹들은 투표지 실물을 보면서 확신으로 바뀌었습니다. 재검표에서 투표용지가 일부분 초록색으로 물든 '배춧잎 투표지', 투표용지 가장자리가 실오라기처럼 너덜거리는 '이바리 투표지', 서로 붙어 나오는 '자석 투표지', 그리고 럭비공처럼 길쭉한 기표 도장이 찍힌 투표지는 3천 장 가까이나 나왔다고 하니, 이것이 사실이라면 부정선거를 부인하는 것이 오히려 이상할 지경입니다. 이 '이상한' 투표용지들은 대부분 사전선거 투표함에서 나왔다는데, 사전선거 투표용지를 출력하는 엡손 프린터로는 이런 현상이 절대 나올 수 없다는 것은 프린터를 사용해 본 사람에게는 기본 상식입니다.

더욱 믿기지 않는 것은, 재검표를 주관한 대법관이 그 이상한 투표지들을 대부분 유효 처리했다는 것입니다. 재검표에 참여하거나 참관한 사람들을 더욱 당혹스럽게 하는 것은, 상황이 이 지경인데도 이 경천동지할 소식을 주류 언론이 다루지 않고 있다는 것입니다. 재검표가 끝난 후 주류 언론들은 이상한 투표지 이야기는 빼고, "재검표를 해 보니 후보들 간 표 차이가 선거의 당락을 결정할 만큼은 없었다"며 재검표는 그저 해프닝이었다는 식의 기사를 내보냈습니다. 재검표 과정에서 관련 공무원들이 사진 촬영을 금지하고 영상도 찍지 못하게 막는가 하면, 투표용지의 지질을 확인하려는 변호인단의 루페(확대경) 사용도 금지하는 등의 실제 현장 이야기는 유튜브에서만 '가짜 뉴스'라는 꼬리표를 달고 돌아다니고 있을 뿐입니다.

부정선거에 대한 우리 사회의 두 갈래 인식의 격차는 인터넷 사전에도 그대로 반영되고 있습니다. 나무위키는 '제21대 국회의원 선거/부정선거 음모론/주장과 반박'이라는 제목을 붙여 놓고, 목차에서 대부분의 제목에 '음모론'이라는 용어를 사용하고, 논란이 되는 이슈의 제목들 뒤에 물음표를 붙여 놨습니다. 부정선거는 없었다는 사람들이 주로 편집에 참여한 것으로 보입니다. 반면, 또 다른 입장을 대변하는 '우남위키'라는 사이트는 부정선거에 대해 백서 형식으로 상세하게 기술하고 있습니다. 내용이 너무 많아서 다 읽어 보기도 어려울 정도로 많은 부정선거 정황과 국내외 유사 사례까지 올려놓고 있습니다.

2020년 4·15 총선이 끝난 후 우리는 전혀 다른 두 개의 세상을 마주하고 있습니다. 한 곳은 "4·15 총선은 부정선거였다"는 사람들의 세상이고, 다른 한 곳은 "요즘 세상에 부정선거가 말이 되냐"는 사람들의 세상입니다. 부정선거를 주장하는 사람이나 그렇지 않은 사람이나 모두가 대한민국을 사랑하고 오랫동안 같은 언어, 같은 체제, 같은 문화 속에서 살아 온 사람들입니다. 그리고 여전히 같은 공간에서 같은 말을 하며 살고 있지만, 선거가 끝난 후 두 개의 세상으로 나뉘어 전혀 다른 생각, 전혀 다른 기준을 가지고 살아갑니다. 이제 두 가지 중 어느 쪽이 진실인지 각자가 알아서 판단해야 합니다. 그리고 대부분의 사람들은 조회수와 '좋아요'가 많은 쪽이 진실이라고 믿고 살아갑니다.

최근에 〈오징어 게임〉이라는 드라마가 넷플릭스에서 세계 1위를 할 만큼 인기를 얻었습니다. 세상사에서 막장까지 몰린 사람들이 누군가 설계한 게임에 참여하여, 이기지 못하면 가차 없이 죽임을 당하지만 최후까지 살아남는 사람은 몇백억 원의 큰돈을 받게 된다는, 다소 황당한 줄거리입니다. 그럼에도 그 영화를 흥미롭게 본 것은, 누군가 알지 못하는 설계자가 게임의 룰을 마음대로 정한다는 설정이 인상적이어서입니다. 영화 속 게임에 참여한 사람들은 바로 다음에 어떤 게임이 나올지 전혀 알지 못합니다. 처음에는 사람이 죽어 나가는 무지막지한 룰에 항의도 하고 게임을 중단하자고 의견을 모으기도 하지만, 결국엔 대부분의 사람이 자원해서 게임을 다시 합니다. 게임이 진행

될수록 사람들은 점점 더 게임에 몰입하고 나중에는 설계자보다 더 잔인해져 갑니다. 어쩌면 지금 우리가 사는 세상도 〈오징어 게임〉의 세상과 크게 다르지 않을지 모릅니다. 우리가 디지털 기기와 스마트폰에 코를 박고 사는 동안 이미 세상은 누군지 모르는 설계자의 의도에 따라 구조가 만들어진 듯, 기존의 상식으로는 설명되지 않는 일들이 점점 많아지고 있습니다.

달라진 세상이 갑갑하지만, 달리 생각해 보면 4·15 총선을 통해 그나마 사람들이 깨어나서, 디지털이 일상에 깊숙이 관여하고 모든 의사결정의 인프라가 되는 세상에서는 선거도 게임이 될 수 있다는 사실을 각성하게 된 것은 의미 있는 일입니다. 게임의 룰을 설계하는 누군가가 있을 수 있다는 것, 그리고 그 룰은 우리가 이제까지 믿고 의지하던 원칙과 다를 수 있다는 것을 알아차린 사람들이 갈수록 늘어나고 있다는 것 또한 다행한 일입니다.

게임의 룰이 바뀌었다는 것을 알아차린 사람은 두 가지 중 하나로 반응합니다. 천 개의 동전을 던져 모두가 같은 면이 나오는 기적 같은 일이 있을 수 있다고 받아들이든가, 누군가의 개입 없이 그런 일은 절대로 일어날 수 없다며 이의를 제기하든가입니다. 선거는 우리가 사는 대한민국의 미래를 누구에게 맡기고 우리 공동체가 어떤 방식으로 살아갈지에 대해 개인들의 의사를 표명하는 매우 중요한 행위입니다. 만약 선거 결과가 어느 힘 있는 사람들이나 특정 외부 세력의 개입으로 조작된다면, 그것은 우리의 기존 상식이나 기준으로는 이 나라에서 더 이상 살아가기 어렵다는 것을 의미합니다.

선거법과 연속성의 법칙(chain of custody)

30년 넘게 회사 생활을 하며 배운 것 중 하나가 법과 절차의 중요성입니다. 법과 절차는 공동체의 울타리와 같습니다. 공동체의 안과 밖을 구분하는 기준이고, 영역을 보호하는 가장 기본적인 방어선입니다.

IT 기반의 디지털 세상이 되면서 세상의 많은 부분이 바뀌었고, 정보를 보호하는 개념도 달라졌습니다. 정부 시스템을 비롯한 사회 전분야가 IT 기반으로 이행한 상황에서는 당연히 종래와 다른 규정과 원칙이 필요합니다. IT 기술을 선도하는 선진국에서는 이미 IT 기반에서 지켜야 할 정보관리 원칙을 제시하고 있습니다. 모든 정부 기관은 물론이고 정보 시스템을 운영하는 사회 전 분야에 일정한 원칙을 제시하고, 원칙에 따른 발전 수준별 요소와 기준을 명확하게 제시한 '성숙도 모델(maturity model)'을 바탕으로 정보의 생산과 유통 과정의 신뢰성을 최대한 확보하도록 유도하고 있습니다.

선진국이 이렇게까지 하는 이유는 바로 디지털의 취약한 속성 때문입니다. 디지털 시스템은 눈으로 보이는 것과 실제 데이터가 다르고, 정보 처리와 관리에 복잡한 메커니즘이 요구됩니다. 따라서 디지털 정보의 진위와 정확한 내용을 가리는 일이 쉽지 않습니다. 기본적으로 정부나 공공기관은 자신이 의사결정하고 수행한 일에 대해 국민들에게 설명할 책임이 있습니다. 그러나 디지털이 정보 유통 기반이 되는 구조에서는 설명하는 과정이 쉽지 않고, 그 설명의 진위를 검증하는 것은 더욱 까다롭습니다. 디지털 기반의 정보는 투명성(transparency)과 무결성에 기반한 검증 과정이 필연적으로 요구됩니다.

예전의 종이를 비롯한 아날로그 매체는 의사결정이나 소통의 과정을 확인하는 것이 그리 복잡하지 않았습니다. 그러나 사회 전체가 IT가 주도하는 환경이 되면서 디지털 정보에 의한 설명은 반드시 투명성과 무결성 원칙에 의거해서 이루어져야 합니다. 정부 기관의 설명할 책임을 실행하는 과정에서 투명성과 무결성이 검증되지 않으면 오히려 자신들의 문제를 스스로 자인하는 것과 동일하다는 뜻으로 해석됩니다.

정보의 투명성과 무결성을 입증하는 중요한 요소 중 하나는 '연속성의 원칙(chain of custody)'[10]입니다.

연속성의 원칙은 일반적인 물리적 보안 영역에도 적용되는 원칙인데, 보호해야 할 영역이 누군가로부터 침범을 당하지 않았다는 것을 입증하는 기준이 됩니다. 그 기준은 보호하는 울타리, 즉 장벽이 보호해야 할 영역을 명확하게 정의하고, 보호 대상으로 정해진 영역을 일정한 방식으로 균일하게 보호할 수 있는가가 관건입니다. 이 당연해

---

10 관리 연속성 또는 보관 연계성이라고도 한다. 현재의 증거가 최초로 수집된 상태에서 지금까지 어떠한 변경도 되지 않았다는 것을 보증하기 위한 절차적인 방법으로, 어떤 증거가 생겨난 이래 그것을 보관한 주체들의 연속적 승계 및 관리의 단절 유무를 판단하는 증거법상 개념이다. 이는 기록의 진본성을 판정하는 중요한 기준이다. 미국의 경우 관리 연속성이 지켜지지 않으면 그 증거물은 물론 거기에서 파생한 모든 증거물도 법적 증거능력을 갖지 못한다. 이는 수사기관 등의 의도적인 증거 조작으로부터 피의자를 보호하려는 성격을 지니고 있다(위키피디아 한국판, '관리 연속성' 정리).

보이는 원칙에는 도둑들은 울타리가 가장 낮은 쪽이나 구멍이 나 있는 쪽으로 들어온다는 전제가 깔려 있습니다. 이 원칙은 단순히 울타리의 재질이나 높이에만 적용되는 것이 아니라 보호해야 할 영역의 물리적 공간 범위, 보호 직무를 담당하는 사람들의 책임과 권한, 그리고 보호 시스템의 기능 등 모든 영역에 대한 일관된 원칙과 기준을 제시하는 것을 의미합니다.

선거의 투개표 과정은 가장 투명하고 무결해야 할 영역입니다. 따라서 투개표 과정에서도 절대적으로 지켜야 할 원칙이 바로 연속성의 원칙입니다. 따라서 선거법은 물론 모든 매뉴얼에 투표에서부터 개표와 집계의 전 과정에 관한 업무 프로세스에 이 원칙이 정의되어 있어야 하고, 이 원칙에 따라 이행되었다는 것이 언제든 투명하게 검증될 수 있어야 합니다. 보호되어야 할 대상 정보와 정보가 생산되고 유통되는 영역과 범위의 설정이 필요하며, 영역별로 역할과 기능을 담당하는 사람과 시스템의 명확한 요건과 권한·책임이 사전에 설정되어 있어야 합니다. 어떤 사람에 의해, 어떤 시스템이 어떤 원칙에 따라 운영되는지 사전 지침으로 명확하게 정의되어 있어야 사후 검증 또한 효율적으로 이루어질 수 있기 때문입니다. 더구나 선거의 투개표 과정을 IT 기반으로 전자화, 자동화했다면 연속성의 원칙은 더욱더 중요해집니다.

연속성의 원칙에 의거해서 우리나라 선거법을 들여다보면 매우 취약한 울타리라는 것을 알 수 있습니다.

첫째, 사전투표제의 문제입니다. 관리해야 할 영역이 사전투표와 본투표 두 곳으로 분리되어 있다 보니 보안성과 신뢰성을 확보하기 위한 자원이 두 배 이상 투입되어야 합니다. 물론 한 사람의 한 표도 소중하다는 명제 앞에 그깟 비용이 문제가 되지는 않습니다. 그러나 사전투표에서도 본투표와 같은 수준의 원칙을 적용하고 있는가는 문제입니다. 그렇지 않다면, 즉 사전투표에는 낮은 울타리가 쳐져 있다면 선거에 치명적인 문제가 발생할 소지가 있다는 뜻입니다.

둘째, 투표자는 종이로 된 투표용지에 기표하지만 개표는 자동화되었거나 전산으로 처리하는 이원화된 체계입니다. 종이 투표용지에 대해서는 물리적 보안 요건이 적용되어야 하고, 개표와 전산 처리 과정에 대해서는 디지털 데이터의 무결성 확보 요건과 그에 대한 전자적 검증 방식을 적용해야 하니까 결국 전혀 다른 두 가지 방식을 적용해야 한다는 부담이 발생합니다. 그런데 선거법과 관련 매뉴얼에는 물리적 보안과 전자적 보안 두 가지 영역 모두에서 문제가 보입니다. 예를 들어 현행 선거법상 사전투표 후 개표까지 거의 일주일 동안 투표지를 특정 장소에 보관하게 되어 있는데, 사전투표용지 보관소에는 CCTV 설치가 의무화되어 있지 않고, 개표 장소로 이송하는 과정의 엄격한 보안 규정도 명확하게 제시되어 있지 않습니다. 기표한 투표용지를 보관하는 공간, 이동 경로, 그 과정에서 담당자의 역할과 책임에 대한 기준과 구체적인 매뉴얼이 보이지 않습니다. 일반 기업에서도 어떤 업무 과정에 보안의 기준과 원칙이 없을 때 "울타리에 구멍이 생겼다"고 판단합니다.

셋째, 투개표 과정의 물리적 신뢰성을 확보하기 위한 절차가 미흡합니다. 사전투표는 현장에서 프린터로 투표용지를 출력하는데, 투표용지의 물리적 요건과 기준 그리고 진본성을 입증하기 위한 워터마크 등의 인식표시 방법을 마련하지 않았습니다. 무엇보다도 법이 명시적으로 정한 막대 바코드 대신 QR코드를 사용한 것은 명백히 법 위반입니다.[11] QR코드는 넣을 수 있는 정보의 양이 많고 활용도가 높아 상업용으로 사용하기에는 장점이 많습니다. 하지만 비밀투표를 위해서는 투표시 투표용지에 반영되는 개인 정보를 최소화해야 합니다. 그래서 QR코드가 필요할 정도의 많은 정보를 투표용지에 넣겠다는 의도가 아니라면 굳이 QR코드를 사용할 필요가 없습니다. QR코드의 또 한 가지 문제점은 사람이 육안으로 읽을 수 없다는 것입니다. 막대 바코드도 정확한 정보의 내용까지는 모르나, 최소한 몇 자리의 정보를 다루고 있는지는 표시가 되기 때문에 그만큼 투명성이 확보될 수 있습니다. 법을 어겨 가면서까지 QR코드를 사용한 것은 매사 법 테두리 내에서만 일하려고 하는 공무원의 일반적인 업무 철학과도 매우 달라서 더욱 의아합니다. 굳이 QR코드를 사용한 데 대해 주관 부처는 일반 국민들에게 명확히 설명해야 합니다. 그리고 법이 정한 "선거명, 선거구명, 관할 선거관리위원회명 및 일련번호" 이외의 정보가 투표용지에 포함되지는 않았는지 제3의 검증 기관을 통해 공식적

---

11 「공직선거법」제151조(투표용지와 투표함의 작성). (…) ⑥ (…) 투표용지에 인쇄하는 일련번호는 바코드(컴퓨터가 인식할 수 있도록 표시한 막대 모양의 기호를 말한다)의 형태로 표시하여야 하며, 바코드에는 선거명, 선거구명, 관할 선거관리위원회명 및 일련번호를 제외한 그 밖의 정보를 담아서는 아니 된다(강조 인용자).

으로 해명해야 합니다.

　넷째, 투개표 과정의 연속적 보안성 유지와 검증 절차가 미흡합니다. 투개표 전 과정은 언제, 누구에 의해서든 검증할 수 있어야 합니다. 그러나 투표용지를 보관하는 장소에 CCTV가 없는 곳이 많고, 있다 하더라도 사후에 CCTV 영상에 대한 정보 공개라도 요청하려면 적지 않은 비용을 내야 하는 등 일반 국민에 의한 검증 절차가 너무 까다롭습니다. 우편 택배로 배달되는 관외 투표지는 며칠 동안 어디에 보관되고 있다가 어떤 사람들에 의해 운반되는지조차 일반 국민은 알 수가 없습니다. 사전투표함이 개표 전까지 CCTV도 없는 곳에 보관되기도 하고 검증되지 않은 택배 직원 등에 의해 운반된다는 것은 보안 절차가 그만큼 부실하다는 것을 의미합니다. 어느 유튜버가 포착한 동영상이 사실이라면 관외 투표용지 이송은 믿을 수 없을 정도로 부실합니다. 영상에서는 우체국에서 투표용지 봉투를 이사 바구니에 담아서 덮개도 없이 개표 장소로 이송하는데, 투표지 이송인지 어느 식당의 음식 배달인지 구분이 안 될 정도입니다. 투표 과정과 투표 후 투표용지를 보관했다가 개표장까지 이송하기까지 아무도 그것에 접근하거나 해를 가하지 않았다는 것을 증명할 수 없다면 그 투표용지는 이미 보안상 손실이 있었다고 인정해도 된다는 뜻입니다. 관리 연속성의 원칙은 민간 기업의 보안에서도 기본이고 상식입니다. 결국 우리나라의 투표용지 보안 관리 체계는 사기업보다도 못한 수준이라고 해도 될 것 같습니다.

　다섯째, 전자개표기와 전산 서버 등을 도입하고 운영하는 과정의 보안성 및 무결성 검증 요건의 부재입니다. 투개표 시스템은 외부망과 연결하지 않는다는 기준은 제시되어 있지만, 그것이 지켜지고 있는지 확인하고 검증할 기능적, 시스템적 절차와 요건은 없습니다. 하다못해 관련 설비나 소프트웨어 도입시 국가정보원이 인증해 주는 보안성(Common Criteria, CC)[12] 같은 요건이라도 제시해야 하는데, 나라장터에 올라와 있는 관련 설비 발주시의 제안요청서에는 그런 요건조차 안 보입니다. 하긴, 국정원 CC 인증까지 받았는데도 이번 상황과 같은 의혹들이 나왔다면 오히려 더 큰 문제겠군요.

여섯째, 투개표 과정에 투입되는 사람과 관련한 요건과 근거(human justification)가 명확하지 않습니다. 이는 개표 시스템 관리자나 일선 담당자의 조작 가능성을 내재하고 있다는 뜻입니다. 예를 들어 4·15 총선 개표장의 개표 요원 성씨 중엔 '깨'씨, '글'씨, '총'씨도 있었다고 합니다. 개표 요원의 역할은 참관인에 비할 수 없이 막중합니다. 만약 한국인이 아니어서 책임을 물을 수 없는 외국인이나 외국 국적의 재외국민을 투입했다면 매우 심각한 보안상의 오류가 있는 것입니다. 어느 공무원은 "외국인이 국내인보다 더 객관적일 수 있다"는 황당한 답변을 했다고 하는데, 만약 그게 사실이라면 그 공무원은 큰 착각을 하고 있는 것입니다. 그가 말하는 객관성이란 정치적으로 여야 어느 한쪽에 속하지 않는다는 뜻일 것 같은데, 그보다 더 중요한 기준은 그 사람이 대한민국의 체제와 헌법적 가치를 존중하는가입니다. 그리고 선거

---

12 IT 제품의 보안성을 확보하기 위해 「정보화촉진기본법」과 동 시행령에 의거해 시행중.

는 국가의 존립과 체제 및 정책의 향방과 직결되는 행위인데, 외국인이 대한민국의 존립과 국가 체제 수호에 관심이 있을까요? 또한 선거 참관인(투표, 개표 별도)의 선정 기준과 교육 등에 관한 규정도 미흡합니다. 참관인의 선정과 교육을 어떤 기관의 누가 하는지, 어떤 과정을 거쳐 그들에게 그런 권한과 책임을 부여했는지 확인할 필요가 있습니다.

일곱째, 선거를 주관하는 기관의 설명할 책임에 대한 의식이 부족합니다. 선관위는 엄연히 공공기관입니다. 국민의 세금으로 운영되는 공공 조직은 '근거'와 '기록'을 통해 자신들이 한 일에 대해 국민에게, 국민이 이해 가능한 방법으로 설명할 수 있어야 합니다. 선관위는 기록물관리법의 적용 대상으로서 투명성을 위해 처리 과정의 기록을 모두 남겨야 하는데, 선거법은 이런 면에서 매우 미비합니다. 만약 기록물관리법을 적용한다면 제3조 2항, 제5조, 동 시행령 제2조, 제28조에 의거해서 전자기록물(행정데이터세트)은 무결성이 유지되어야 하고 임의 수정, 삭제가 불가합니다. 그리고 선거 과정에서 생산된 모든 데이터와 시스템에 대해서는 삭제 불가 조치 및 보존 조치가 있어야 합니다. 방대한 양의 투표용지는 보관 등의 문제가 있어 선거법에 따라 일정 기간이 지나면 폐기한다 쳐도, 선거 투개표 과정의 전자기록은 기록물관리법에 따라 다른 행정기록처럼 장기간 보존되어야 합니다. 그러나 서버 검증조차 허락되지 않는 상황에서 이런 요구는 그저 희망 사항일 뿐인 것 같습니다.

조직의 정보 체계가 얼마나 잘 구축되어 운영되는지 평가하는 도구 중 '정보 거버넌스 성숙도 모델(information governance maturity model)'[13]이 있습니다. 이 기준에 따라 우리 선거법과 절차를 들여다보면, 설명 책임성도 없고, 투명성, 무결성, 보안성, 규제 준수 어떤 기준에도 미치지 못합니다. 우리 스스로 인터넷 강국이라 말하고 세계 최고의 반도체 기업이 있는 나라지만, 선거법은 그런 수준에 한참이나 못 미칩니다. 이것이 실행 부처의 능력 문제인지 아니면 법을 그렇게 허술하게 만들어 놓은 입법부의 능력 때문인지는 알 수 없지만, 결국 그들을 그곳에 보낸 우리 모두의 책임인 건 분명해 보입니다.

일본이나 독일 같은 데서는 전산기기의 오작동 및 조작 가능성 때문에 투표 종료시 그 자리에서 바로 수작업으로 개표를 진행한다고 합니다. 그들 나라가 전산에 대한 이해가 없거나 기술이 떨어져서 그런 방식을 선택하는 건 아닐 겁니다. 굳이 수개표를 선택하는 것은 전산 처리의 효율성보다 모든 국민이 이해 가능한 방식으로 함으로써 투개표의 신뢰성을 확보하는 데 더 큰 가중치를 두고 있기 때문입니다.

결론적으로, 4·15 총선의 부정선거 의혹을 주장하는 쪽에서 제시하는 정황들을 보면 우리나라 선거 시스템은 결코 투명하지도 신뢰할 만하지도 않습니다. 더구나 관련 기관과 공무원들은 자신들의 시스템과 한 일에 대해 명확하게 설명조차 하지 않습니다. 더 큰 문제

---

[13] 정보관리의 원칙과 거버넌스 체계를 둘러싼 기존 표준, 모범 사례 및 법적·규제 요구 사항을 기반으로 조직이 정보 거버넌스의 효과를 보다 완벽하게 파악하는 데 도움이 되는 도구로서, '하위 표준 단계', '개발 진행 단계', '핵심 단계', '사전예방 구축 단계', '변형 및 혁신 단계'의 다섯 개 단계로 구분된다. ARMA (Association of Records Managers and Administrators) International, *Information Governance Body of Knowledge* (IGBOK), 2018 참조.

는 다음 대통령도 그런 부실한 시스템으로 뽑아야 한다는 것입니다.

"요즘 세상에 부정선거가 어떻게 가능하겠나" 하고 반문하는 사람들이 여전히 많습니다. 핸드폰과 노트북을 일상적으로 사용하면서도 자기가 보는 텍스트와 영상의 실체가 전자기기 바닥의 칩 속에서 흘러 다니는 0과 1이라는 비트 데이터에 불과하며, 얼마나 쉽게 조작될 수 있는지 인식하지 못하기 때문입니다. 반도체 칩 속의 데이터들이 어떤 과정을 통해 사람의 육안으로 볼 수 있는 텍스트나 이미지로 변환되는지, 그 과정에서 얼마나 많은 트릭이 적용될 수 있는지 그 메커니즘을 알지 못하면 지난 총선의 부실한 과정과 이상한 통계 수치를 이해하기 어려울 수 있습니다. 이번 부정선거 논란은 결국, 우리 사회 전반의 인프라는 디지털화되었지만 정작 사람들이 생각하고 행동하는 방식은 여전히 아날로그 마인드에서 벗어나지 못했다는 것을 의미합니다. 사람은 자기가 아는 범위 내에서만 의사결정을 하고, 모르면 용감해집니다.

디지털 선거관리와 공무원의 '설명할 책임'

2020년 4·15 총선으로 제21대 국회가 출범한 후 약 1년 1개월 동안 (2020. 5. 30~2021. 6. 24) 의원들이 제출한 법안 발의 건수가 총 1만 145건이나 된다고 합니다. 역대 어느 국회보다도 많은 법안 발의 건수는 미국이나 일본도 능가하는 실적이라고 합니다. 하지만 국회 청원 사이트에 수만 명의 동의를 받는 법안 반대 청원이 수시로 올라오는 것을 보면 이런 국회의 열정이 무엇을 위함인지 가끔 생각해 보게 됩니다.

더욱 아이러니한 것은, 21대 국회가 역대 어느 국회보다도 유난히 열정을 보이며 수많은 법안을 올리고 있는 동안에도 국회 밖 세상에서는 4·15 총선이 부정선거였다는 의혹과 논란이 1년 넘도록 지속되고 있다는 것입니다. 하지만 선거를 주관하는 기관은 물론이고 주류 언론과 TV 방송들은 침묵으로 일관할 뿐입니다. '임금님의 당나귀 귀'를 본 사람들은 정부 기관이나 주류 언론에 대한 기대를 접고 스스로 유튜브 영상을 만들어 올리고, 주말이면 대법원 앞은 검은 우산과 피켓을 든 사람들로 채워집니다. 무려 130개 지역구에 대해 제기된 선거 무효 소송에서 서버 검증이나 투개표 과정에 사용되었던 전자개표기의 증거보전신청은 기각되고, 법적으로 180일 이내에 검증 작업이 이루어져야 하는데도 재검표는 1년 4개월이 넘어서야, 그나마 겨우 3곳에서만 이루어졌습니다. 어렵사리 실시한 3곳의 재검표에서 더 많은 문제가 쏟아지면서 이제 의혹은 확신이 되었습니다.

싸움이나 갈등이 있더라도 서로의 입장을 이해할 수 있거나 상황이 상식 범위 내에 있을 때 논의나 협상이 가능합니다. 하지만 부정선거는 논의나 타협을 할 사안이 아닙니다. 만약 부정선거가 사실이라면 누군가는 모든 것을 걸어야 하는 상황이고, 그래서 많은 사람들이 이 문제에 대해 쉽게 말을 못 하고 있는지도 모릅니다. 하지만 시간이 갈수록, 그리고 자의든 타의든 개입되는 사람이 많아질수록, 순리로는 도저히 풀 수 없는 상황이 되어 버립니다. 더욱 큰 문제는 '부정'선거든 '부실'선거든 이미 너무나 많은 정황이 나왔고, 그것을 알아 버린 사람들이 갈수록 늘어나고 있어서 이제는 어느 쪽이든 더 이상 물러나기 어려운 상황이 되어 버린 것입니다.

문제가 이 지경까지 온 책임은 결국 정부, 특히 선거를 주관하는 기관에 있습니다. 처음 국민들의 의혹과 문제 제기가 있었을 때 주관 부처는 즉시 자체 조사는 물론 제3자의 검증을 통해 납득 가능한 설명을 하고 시정 조치를 했어야 합니다. 그리고 대법원은 법적 시한인 180일 이내에 납득할 만한 판단을 내려 주었어야 합니다.

선거는 참여자들의 이해관계가 첨예하게 충돌하기 쉬운 영역입니다. 일반적으로 공무원들은 논란거리가 많은 영역일수록 불필요한 오해를 받지 않기 위해 과하다 싶을 만큼 노력합니다. 국민이 낸 세금으로 월급을 받는 공무원들은 법령과 규정에 따라 일해야 하고, 국민들의 의혹과 문제 제기에 대해 설명할 책임과 의무가 있습니다. 그리고 그 설명은 반드시 법령과 절차에 근거해야 합니다. 특히나 선거와 같이 이해관계가 충돌하는 영역은 관련 규정과 절차가 상세하고 명확할수록 좋습니다. 그래야 공무원의 의사결정과 행위의 근거가 되어 공무원 스스로가 보호받을 수 있기 때문입니다. 하지만 우리나라 선거법과 시스템 및 관련 절차는 매우 많고 복잡한 데 비해 의외로 중요한 부분들이 빠져 있습니다. 대표적으로 취약한 점을 몇 가지 들어 보면 다음과 같습니다.

첫째, 투개표 및 집계 과정은 대부분 전자화했지만, 그 전자적 기반의 신뢰성·보안성·무결성 확보와 검증 요건이 매우 미흡합니다. 우리나라는 2002년부터 전산 시스템을 도입해서 투개표 전체 과정의 자동화와 디지털화를 꾸준히 추진해 왔는데, 정작 디지털 기기나 데이터 처리의 투명성과 무결성 확보에 관한 규정과 검증 절차가 보이지 않습니다. 특히나 충격적이었던 것은, 개표에 사용되는 투표용지 분류기의 오류 여부를 확인하는 절차가 허술하다는 점입니다. 개표 바로 전날 참관인들을 모아 놓고 '시연회'라는 방식을 통해 육안으로 확인을 시킨다는 것입니다. 이런 관례가 부정선거 관련 재판에서도 거의 20년째 적용되고 있습니다. 2002년 지방선거에서 처음 전자개표기를 도입한 이후 부정선거 시비와 소송 건이 이미 몇 차례 있었습니다. 그때마다 법원은 재판정에 전자개표기를 옮겨다 놓고 사람들 앞에서 '모의시범', 즉 시연회라는 방식을 통해 조작 여부를 가늠했다고 합니다.

디지털 기기 속에서 작동하는 알고리즘과 데이터 처리 상황을 사람의 육안으로 확인하는 것은 불가능합니다. 디지털 기기가 하는 일은 사람의 육안으로 검증하는 것이 아니라 전자적 검증 방식으로 해야 합니다. 사람이 죽었을 때 살인에 의한 것인지 아닌지를 가리기 위해 피해자의 겉만 보지 않고 부검이라는 과정을 거치는 것처럼, 육안으로 판단이 어려운 전자기기의 의혹 해소는 포렌식이라는 절차를 통해서만 가능합니다. 그런데도 대법원이 선거 서버와 투표용지 분류기의 포렌식과 증거보전 요구를 매번 기각 처리하는 것은 부정선거나 조작을 둘러싼 시비를 가리지 않겠다는 의지로밖에 해석되지 않습니다. 디지털 시대의 정당성은 시스템과 관련 기기에 대한 포렌식을 통해 데이터를 기반으로 설명할 수 있을 때 확보되는데, 우리나라 선거법이나 절차에 이런 검증 방식은 언급조차 되어 있지 않습니다.

둘째, 선거 당사자와 선거관리 조직 간 상호 견제를 위한 법과 제도가 너무 불균형적입니다. 우리나라 선거법령은 유난히 분량이 많고 복잡합니다. 웬만해서는 관련 법령을 전부 검토하기조차 쉽지 않고, 전문가가 아니면 내용을 다 읽고 이해하기도 역시 쉽지 않습니다. 이 말은 일반 국민들이 법령에 쉽게 접근할 수 없다는 뜻입니다. 더욱 큰 문제는 선거법의 대부분 내용이 후보자들의 선거운동에만 초점을 맞추고 있는 것입니다. 선거가 끝난 후 당선된 사람 중에 이런 까다로운 규정에 걸려 재판까지 가거나 당선 무효가 되는 사례가 적지 않은 것은 상당 부분 이 때문일 겁니다.

부당하게 당선되는 사람이 있어서는 안 되고, 그래서 사후에라도 당선 과정의 설명 책임성을 후보자에게 부여하는 것은 마땅한 일이라 할 것입니다. 문제는 선거 과정에서 후보자들에 대한 강력한 규제를 적용하고 판단하는 주체가 선관위인데, 막상 그 선관위를 감시하고 견제할 주체는 딱히 없다는 것입니다. 선관위는 개별 정당의 예비후보를 선정하는 과정에까지 관여합니다. 여야를 막론하고 입후보자들에게 선관위가 그야말로 '갑'이 될 수밖에 없습니다. 사실 후보자들은 굳이 선관위가 직접 감시하지 않아도 서로 상대 진영이 존재하기 때문에 어느 정도 상호 감시와 견제 기능이 자연스럽게 작동하게 마련입니다. 더구나 요즘처럼 녹음, 녹화가 일상화된 세상에서 굳이 선관위가 후보자들까지 일일이 직접 감시하고 규제하는 것이 효과적인지 고려할 필요가 있습니다.

셋째, 투개표 과정에 대한 선거 주관 조직의 설명 책임성, 즉 공무원의 책무성을 의무화하고 있지 않습니다. 명시적 규정이 없어도, 국민의 세금을 주요 재원으로 공적 업무를 수행하는 모든 공공기관은 자신들이 수행하는 일에 대해 책무성을 가지는 게 당연합니다. 따라서 선거 과정의 투명성을 후보들에게만 요구할 게 아니라, 선거의 전 과정을 관리할 권한과 책임을 가진 선관위라는 조직과 그 조직원들에게도 당연히 투명성이 요구됩니다. 그러나 우리 선거법에서는 선거 전체 과정에 막강한 권한을 갖는 선관위에 대한 감시와 견제 주체가 모호하고, 투개표에 투입되는 사람과 시스템에 대한 검증 절차도 미흡합니다. 선관위가 국민의 절대적 신뢰를 받고 있다는 공감대가 있는 게 아닌 한 이런 체계는 매우 불합리합니다.

아무런 근거 없이 절대적인 신뢰를 부여할 수 있는 사람이나 조직은 지구상에 존재하지 않습니다. 민주국가에서 신뢰는 상호 견제와 조정(check & balance)을 통해 확보됩니다. 신뢰성과 투명성은 조직이나 사람에 따라 정해지는 것이 아니라 규정과 절차, 그리고 검증을 통해서만 확보된다는 뜻입니다. 선관위를 견제하는 기능이 사법부에 있다거나 감사원에 있다고들도 말하지만, 선관위 고위 관리자들이 법관을 겸직하거나 사법부 출신인 상황에서 사법부의 선관위 견제 기능이 제대로 작동할지 의구심이 들고, 부정선거든 부실 선거든 수많은 의문이 제기되는 상황에서 감사원의 감사 조치나 결과를 들어 본 적이 없습니다. 2020년 4·15 총선만 해도 130여 건의 소송에 법정 기일인 180일을 넘겨 제대로 된 재검표와 재판을 보류하고 있는 대법원은 법에서 굳이 '설명할 책임'을 명시하고 있지 않다는 것을 내세울지도 모릅니다. 그러나 공무원에게 설명할 책임을 묻는 것은 법에 명시되었는지 여부와 관계없이 국민의 당연한 권리입니다. 그게 선진국입니다.

넷째, 후보자의 이의 제기에 따른 재검표를 수(手)개표로만 한정하고 있습니다. 사후 검증은 설명 책임성의 다른 이름입니다. 투개표는 전자화해 놓고 재검표는 수개표로만 하는 것은 매우 비상식적입니다. 과정을 전자화했다면, 전자개표에 투입되는 전산 조직들과 서버에 대한 디지털 검증 방식(포렌식)을 수개표보다 먼저 시행하거나 병행해야 합니다. 정부에는 이런 일에 유능한 전담 부서로 국과수가 있고 민간 영역에도 IT 정보보안 전문가들이 수두룩한데, 왜 굳이 규정을 이렇게 만들어 놓았을까 하는 의구심이 듭니다. 대법원이 이번 총선에 대한 130건의 소송에서 전자개표기와 서버에 대한 검증과 보전 신청을 기각한 것은 이런 미비한 규정에 기인한 것일 수도 있습니다. 부정선거 논란이 일어나고 얼마 후 선관위는 '설명회'라는 형식의 이벤트를 열었습니다. 하지만 정작 필요한 전자적 검증 절차 없이, 지금까지 그랬던 것처럼 기기의 뚜껑만 열어 놓고 육안으로 확인하는 방식으로만 설명회를 진행했습니다. 전문가들을 통해 전자적으로, 그리고 보다 손쉽게 할 수 있는 방법을 두고 굳이 어려운 방법을 동원하여 "공무원을 믿어 달라"는 구차한 말로 상황을 넘기려 했을까 하는 생각이 듭니다.

우리나라 법은 정부나 공무원들의 '설명할 책임'을 명시적으로 규정하고 있지 않습니다. 「공공기관의 정보공개에 관한 법률」(정보공개법)이 있지만, 이것은 국민의 행정문서 공개 민원과 관련한 법이고 그조차도 이런저런 사유를 달아 빠져나갈 수 있습니다. 정부가 한 일에 대해 국민이 가타부타 따질 수단이 그다지 많지 않는 것이 우리의 현실입니다.

지난 도쿄 올림픽 펜싱 경기를 보면서 인상적이었던 것은 수시로 비디오 판독이 이루지는 것이었습니다. 이미 심판의 판정이 났어도 선수가 요구하면 즉시 비디오를 통해 검증하고 그 자리에서 판정이 뒤집히는 경우가 수시로 일어납니다. 이런 재검증 룰은 배구, 배드민턴, 테니스, 심지어 요즘은 축구까지 대부분의 스포츠 경기에서 적용되고 있습니다. 국민 참정권의 핵심인 선거가 일반 스포츠보다 못해서야 되겠습니까? 선거에서 재검증 요구는 당연한 것이기 때문에 이를 '선거 불복' 프레임에 걸어서도 안 됩니다. 상식이 있는 공무원이라면 설명할 책임을 지는 것이 정상입니다. 특히 투개표 과정의 상당 부분이 전자적 방식으로 전환된 상황에서 그에 대한 재검증 방식 역시 전자식 방식을 통해 검증해야 하는 것은 디지털 시대의 상식입니다. 물리적인 투표용지 확인에서 이상한 투표용지들이 다량 나왔다면 관리가 부실했다며 넘어갈 것이 아니라 서버나 투표용지분류기에 대한 전자적 검증도 시행해야 합니다.

4·15 총선이 부정선거였다는 확신을 가진 사람들은 다가올 대선에서도 똑같은 상황이 반복될까 염려합니다. 하지만 달리 생각하면, 모두가 투표에 참여하면 해결되리라는 희망도 가져 봅니다. 투표율이 올라갈수록 부정하거나 부실한 룰은 힘을 잃을 것이기 때문입니다.

부정도 선거 전략이 되는 시대
—〈에포크 타임스〉와 〈타임〉의 선거 보도

2020년 11월 3일에 미국 대통령 선거가 있었습니다. 평생 살면서 미국 대선에 관심을 가지게 될 줄은 꿈에도 생각지 않았는데, 우리나라 4·15 총선의 이상한 통계와 이해되지 않는 현상들을 보고 나니 태평양 건너 미국 대선까지 오지랖이 넓어집니다.

부정선거 논란은 선진국, 후진국 가리지 않고 세계 어디서나 오래전부터 있어 왔습니다. 대의제 민주주의의 발상지인 유럽의 독일이나 오스트리아 같은 나라들도 한번씩은 논란과 갈등을 겪었다는 사실을 새롭게 알게 되었습니다. 특기할 것은, 투개표를 디지털화한 나라일수록 어김없이 부정선거 시비로 갈등과 혼란을 겪었다는 사실입니다. 이번에는 자유민주주의의 대명사처럼 여겨지는 미국에서도 부정선거 논란이 본격적으로 제기되었는데, 미국 역시 투개표 전 과정을 디지털화한 나라입니다.

미국의 부정선거 의혹은 선거 결과가 선거 기간중 국민이 보인 열기나 유세 현장에서 관찰된 현상과 사뭇 다르다는 데서 처음 제기되었습니다. 선거 캠프별로 유세장에 모인 사람의 숫자와 열기를 보면 바이든이 트럼프를 도저히 이길 수 없을 것 같았는데 뚜껑을 열어보니 바이든이 이긴 것으로 나왔기 때문입니다. 거기에 각 주(state)의 개표장에서 나타난 개표원들의 이상한 행동과 믿기지 않는 이상한 통계 그래프, 정상적이지 않은 사전 우편투표용지들이 나오면서 의혹은 확신에 가까워졌습니다.

미국에서 제기되는 부정선거 의혹들이 여러 가지 면에서 우리나라 4·15 총선에서 나타난 현상과 패턴이 매우 유사하다는 것도 유념해 볼 점입니다. 부정선거 의혹에 대한 사법부와 대부분 주류 언론들의 무관심·무대응 또한 우리 상황과 판박이여서, 마치 온 세상이 서로 짜기라도 한 것 같은 느낌입니다.

그나마 미국이 우리보다 좀 나아 보이는 것은, 그래도 투개표 과정에서 나타난 이상한 현상들을 다루는 언론과 미디어가 있다는 것입니다. 그중에서 '부정선거 의혹'이라는 동일한 사안에 대해 전혀 다른 관점을 보이는 두 매체가 있어 매우 흥미로웠습니다. 〈에포크 타임스(The Epoch Times)〉와 〈타임(Time)〉입니다.

먼저 〈에포크 타임스〉 기사입니다.[14] 기사는 대선이 끝나고 한 달 보름쯤 지난 2020년 12월 17일에 미국 무역제조업정책국의 피터 나

---

14 "나바로, 선거 부정 보고서 발표 '진실을 말하는 게 내 책임'", 에포크타임스 한글판, 2020. 12. 19.

바로 국장이 부정선거 의혹에 대해 자체 조사를 통해 분석한 결과를 『잘 빠진 속임수(The Immaculate Deception)』라는 제목의 보고서[15]로 발간했다고 전하면서 주요 내용을 그대로 소개했습니다. 대선에서 '경합주(swing states)'로 불리는 6개주에서 부정선거 의혹에 대해 자체 조사를 진행한 결과, "선거 결과를 뒤집을 만큼 충분히 실질적인 혐의가 드러났다"는 요지입니다. 나바로 국장은 보고서에서 6개 주별로 어떤 부정행위가 이루어졌는지를 6가지 유형으로 구분해 소개했습니다.

첫째, 가짜 투표용지, 중복투표, 사망자 투표 등 명백한 유권자 사기

둘째, 신분증 확인 없는 무자격자 투표, 선거 절차 요건인 우편투표용지의 서명 대조를 생략해 동일 서명으로 의심되는 사례, 비정규 우편투표용지 사용 등 부적절한 투표 처리

셋째, 참관인 방해와 무효표의 불법적인 유효 처리 등 공정절차 위반

넷째, 신원 확인 절차 생략과, 정당에 따라 참관인 편파·차별대우 등 평등 보호 조항 위반

다섯째, 투표 장비에 의한 투표지 불일치, 바이든을 찍은 표만 유효 처리한 사례, 통계학적으로 불가능한 투표 등 투표 장비를 통한 부정행위

여섯째, 부재자 투표 기각률의 현저한 변화, 투표율 100퍼센트 초과 등 심각하고 이상한 통계

---

15 원문 요약은 https://beaufort.nc.gop/_immaculate_deception_report 참조.

나바로 국장은 보고서 마지막 부분에서 "(선거)부정에 대해 더 강도 높게 완전하게 조사하려 했지만, 반 트럼프 주류 언론과 소셜 미디어 검열 그리고 입법부와 사법부의 기능 상실로 인해 실행할 수 없었다"라고 했습니다.

〈타임〉 기사도 같은 대선에 대해 동일하게 '부정선거'였다는 것을 전제하고 있지만, 부정선거를 보는 관점이 〈에포크 타임스〉와 전혀 다릅니다. 대선이 끝나고 해를 넘겨 바이든이 대통령으로 취임한 직후인 2021년 2월 첫째 주, '2020년 선거를 구한 그림자 캠페인 비사(秘史)'[16]라는 기사입니다. 부정선거를 보는 관점과 논리가 우리가 평소 갖고 있는 철학이나 상식과 전혀 달라 개인적으로 적지 않게 충격을 받았습니다.

기사는 2020년 대선에서 트럼프의 당선을 막기 위해 주정부 관계자들이 어떻게 법을 바꾸고, 어떤 강력한 힘을 가진 사람들이 자금을 조달했으며, 언론과 SNS의 정보 흐름을 조종하고 통제했는지를 나열하면서, 이번 부정선거가 일종의 '선거 전략'이었다고 주장합니다. 부정선거 과정을 마치 성공적인 휴먼 다큐멘터리처럼 소개하면서, 현재 미국의 민주선거 제도가 취약하다고 전제하며 이를 명분으로 부정선거의 당위성을 내세우고, 트럼프의 당선을 막기 위해 개입한 '그들'의 노력은 부정선거가 아니라 정의를 위한 일종의 선거 전략이었다는 것입니다. 또 트위터나 페이스북 등 소위 빅테크 기업이 트럼프와 트럼

---

16 "The Secret History of the Shadow Campaign That Saved the 2020 Election," *Time*, 2020. 2. 5.

프 지지자들의 정보를 검열하고 삭제한 것은 '나쁜 정보'의 유통을 막기 위한 조치였다면서, 정보에도 좋은 정보와 나쁜 정보가 있으니 그에 대한 통제는 마땅하다고까지 합니다.

수십 년 전 제가 대학 다닐 때, 영어 좀 한다는 사람들은 으레 〈타임〉을 끼고 다니곤 했습니다. 그런 역사와 전통을 자랑하는 주간지가 이 기사를 통해 내세우는 '정의'는 그동안 우리가 생각해 온 정의와 많이 달라 혼란스럽습니다. 〈타임〉의 논리대로라면, 투표는 한 사람에게 한 표씩 허락하지만 개표 과정에서 누군가의 개입으로 어떤 표에는 2~3배의 가중치를 부여하고 어떤 표는 임의로 제외해도 된다는 말이 됩니다. 기사는 이 논리를 사람들 간에 소통되는 정보까지 확장해, '좋은 정보'와 '나쁜 정보'를 구분하고, 특정 집단이 결정하는 '정의'의 기준에 부합하지 않는 정보나 그 주체는 SNS나 미디어 등 사람들이 소통하는 공간에서 삭제하거나 퇴출시킬 수 있다고 주장합니다. 아닌 게 아니라 주류 언론과 SNS와 유튜브를 운영하는 빅테크 미디어 그룹들은 이미 그럴 수 있는 힘을 가지고 있는 듯 보입니다.

어쨌든 그 '이상한 대선'에서 바이든이 당선되었고, 그가 취임한 지 1년도 안 되어 아프가니스탄에서 수많은 무고한 사람들이 죽거나 고통을 당하는 상황이 발생했습니다. '정의'와 '공정' 그리고 '평화'를 앞세운 바이든이 대통령이 되었지만, '전쟁광'이며 '미치광이'라 불린 트럼프 시대보다 오히려 세계 정세의 불안과 갈등은 더 심화되고 있습니다.

미국이나 우리나라나, 제기되는 부정선거 의혹을 단순히 선거에 패배한 사람들의 억지 주장으로 치부하기에는 너무나 많은 비상식적 정황들이 튀어나오고 있습니다. 부정선거 논란은 두 나라 모두에서 여전히 진행중입니다. 다만, 미국은 지금 각 주 검찰과 법원에서 수사와 소송이 활발하게 진행되고 있지만 우리나라는 그렇지 않다는 차이가 있습니다.

총선이 끝나고 1년 이상이 지나 어느 인터넷 언론에서 총선이 부정선거였다고 생각하는지 묻는 여론조사를 했는데, 응답자의 32.3퍼센트가 "부정선거가 있었다"고 응답했고, 65.5퍼센트는 "2022년 대선에서도 부정선거가 있을 것"이라고 응답했다고 합니다. 중앙선관위에 대해서는 73퍼센트가 중립적이지 않다고 생각한다고 합니다.[17] 대명천지에 벌어진 이상한 일은 시간이 갈수록 부인할 수 없는 진실이 되어 가는 중입니다. 처음 부정선거 논란이 나왔을 때 많은 사람이 "요즘 세상에 부정선거가 가능하냐?" "수백 명의 눈을 속이는 게 어떻게 가능하냐?"라며 부정선거 의혹을 가짜 뉴스로 몰아갔습니다. '요즘 세상이기 때문에' 부정선거가 가능하고, '디지털 세상이기에' 수백 명이 아니라 수십만 명의 눈을 속이는 건 일도 아니라는 것을 알지 못하는 것입니다. 우리 사회에는 디지털 문맹을 벗어나지 못한 사람들과 이미 세상이 바뀌었다는 것을 알지 못하는 아날로그적 사람들이 아직도 많다는 방증입니다.

---

17 "응답자 32.3%, 4.15는 부정선거(Fn투데이 긴급여론조사)", 파이낸스투데이, 2021. 10. 7.

부정선거 의혹에 따른 재검표와 전산 시스템 및 투개표 참관인 검증은 우리보다 미국에서 더 활발하게 진행되고 있습니다. 미국이 우리와 특히 다른 것은, 재검표를 실시하는 모든 공간에 수많은 CCTV를 달고 실시간 영상 중계를 하고 있으며, 언론이나 미디어의 외면은 여전하지만 그 대신 일반 국민들이 부정선거를 밝히겠다는 관심과 열의가 높아서 부정선거 재발 방지를 위한 법률 투쟁과 시민들 스스로의 의식을 깨우기 위한 캠페인이 활발하게 진행되고 있다는 것입니다. 재검표 현장에서 사진 촬영조차도 금지되고 부정선거를 말하면 무지몽매한 사람이 되어 버리는 우리나라와 많은 부분에서 비교가 됩니다. 그러나 미국이나 우리나라나 부정선거 논란은 동일한 패턴으로 이루어지고 있으므로 미국의 상황 변화는 결국 우리에게도 영향을 끼칠 겁니다.

한때 "부정선거는 사형감"이라고 믿던 시대가 있었습니다. 그러나 이제 〈타임〉 같은 대형 주류 언론조차 부정선거를 선거 전략이라고 대놓고 주장하는 시대가 되었습니다. 그들은 자신들이 생각하는 정의를 위해 전산기를 조작하고, 투표지를 무더기로 실어 나르고, 죽은 사람들을 동원해서 투표하는 것이 정당하다고 말합니다. 그런 세상에서 부정선거는 더 이상 악이 아닐 수도 있을 것 같습니다. 전쟁터에서는 가치관과 윤리 기준이 달라집니다. 사람을 죽이는 일이 용납되고, 아군과 적군을 구분합니다. 지금 세상은 "부정선거는 중범죄"라는 사람들과 "부정선거도 전략"이라고 생각하는 사람들 사이에 전쟁이 진행중입니다. 이 전쟁은 좌우 이념의 정치적 싸움이 아닙니다. 디지털 기술과 권력을 틀어쥐고 그 힘으로 정보와 사람을 제어할 수 있다고 믿으며 이미 주류 그룹이 된 사람들과, 소수의 깨어 있는 개인들 간의 싸움입니다.

그러나 이 전쟁의 심각성을 인지하지 못하는 사람들이 여전히 많이 있습니다. 2022년에 대통령 선거가 있고, 이후로도 우리는 선거라는 제도를 통해서 국가를 책임질 사람들을 뽑을 것입니다. 이 '보이지 않는 전쟁'을 모르는 다수의 사람들은 한 사람이 한 표씩만 투표할 수 있다고 철석같이 믿고 새벽부터 투표장에 나가 줄을 설 것입니다. 〈오징어 게임〉은 넷플릭스에만 있는 게 아닙니다.

제3부

누구의
책임인가

먼 옛날 메소포타미아의 시날 평지에 살던 노아의 후손들은

홍수 심판의 과거를 잊고 불안과 두려움에서 벗어나 하늘에 닿아

보겠다고 바벨탑을 쌓아 올리지만, 서로 소통의 길만 끊어져

이곳저곳으로 흩어짐을 자초합니다(『창세기』 11장 1~9절).

디지털 시대에 우리는 언제 어디든 갈 수 있고 무엇이든 할 수 있다는

자부심으로 초연결사회를 만들었다지만, 사람들 사이의 장벽은 갈수록

높아지고 우리 마음속 불안은 여전히 해결될 기미가 보이지 않습니다.

그렇게 디지털 세상은 옛날 시날 평지에 살던 니므롯(Nimrod)이

주동해 세운 바벨탑과 닮았습니다.

5
'정의'가 헌법을 이기면

정의와 법치의 무게

법에 따라 법을 집행하고 미국의 이익을 보호하며, 국내외의 위협에 맞서 공공의 안전을 보장하며, 범죄를 예방하고 통제함에 국가의 리더십을 발휘하며, 범법행위를 한 자들의 정당한 처벌을 추구하며, 모든 미국인을 위해 공정하고 치우침 없는 법무행정을 확고히 하고자 합니다.

To enforce the law and defend the interests of the United States according to the law; to ensure public safety against threats foreign and domestic; to provide federal leadership in preventing and controlling crime; to seek just punishment for those guilty of unlawful behavior; and to ensure fair and impartial administration of justice for all Americans.

미국 법무부 홈페이지에 나와 있는 법무부의 '사명(미션) 선언서'의 일부입니다. "정부의 의무 중 가장 신성한 것은 법에 따라 법을 집행하고, 모든 시민에게 평등하고 공정한 정의를 이행하는 것"이라는 제3대 토마스 제퍼슨 대통령의 말을 법무부의 기본 원칙으로 인용하고 있는 것도 인상적입니다. 선언은 단순한 선언에 그치지 않고 법무부의 정책과 산하 모든 조직이 지켜야 할 매뉴얼(Department of Justice Manual 1000.2A)에 구체적인 기능과 지침으로 반영되어 있습니다. 나라의 기초를 세운 건국의 아버지들의 선언을 정부 조직의 업무 수행과 의사결정의 원칙으로 삼고, 그 원칙을 다시 상세 지침으로 제시하고 있는 것입니다. 미국은 이처럼 법무부를 비롯해 정부 대부분의 부처가 자신들의 핵심 가치를 국가의 헌법과 건국이념에 맞추고, 그 토대 위에 기초를 두어 세부 실천 사항으로 정렬시키고 있습니다.

우리나라에도 어느 나라와 비교해 뒤지지 않을 건국이념과 철학이 담긴 헌법이 있습니다. 이 헌법으로 식민지와 전쟁의 상처 그리고 가난의 굴레에서 벗어났고, 기적이라 할 만큼 짧은 기간에 세계사에 유례가 없는 산업화와 민주화를 다 이루었으니, 헌법의 가치는 충분히 증명된 셈입니다.

그런데 지금 우리나라에서 '건국이념'은 찾아보기 어렵습니다. 교육, 역사, 문화 어느 영역에서도 대한민국이라는 나라가 어떤 철학과 원칙으로 세워진 나라인지 불분명합니다. 정부 부처 어디를 봐도 이 헌법의 가치에 기반한 비전이나 미션을 명확히 제시하고 있는 곳이 거의 없습니다. 식민과 전쟁으로 다 허물어진 나라에 남부럽지 않은 헌법과 국가 체제를 만든 이승만 초대 대통령은 수십 년이 지난 지금까지도 '부끄러운 대통령'이라는 이미지가 덧씌워져 교과서에서조차 그가 이룩한 업적에 대해 기술하고 있지 않습니다. 산업화와 민주화에 기여한 대통령들은 지역마다 생각이 다르다는 이유로 공적보다는 과실을 부풀려서 까내리고 있습니다.

대학에서 법학을 가르치고 한때는 법무부장관이었던 조국 교수와 그의 자녀 문제로 온 나라가 시끄럽던 시절의 일입니다. 한쪽은 '조국 구속'을, 다른 한쪽은 '조국 수호'와 '검찰 개혁'을 외치며 서로 갈라져 시위하는 광장을 바라보면서, 법이 정하는 원칙과 상식에 모두가 공감하던 세상은 더 이상 아니라는 것을 실감했습니다.

사실 사람들이 모인 곳에서는 으레 의견이 갈리게 마련이고 그래야 자연스럽습니다. 그래서 단 몇 사람이 모이는 동아리도 회칙을 만들고, 기업이나 공공기관들은 내부 헌장을 만들거나 비전과 미션을 제시하여 의사결정의 기준으로 삼습니다. 조국 교수가 장관으로 일하던 우리나라 법무부도 비전과 미션을 홈페이지에 그림으로 설명하고 있습니다. "국민의 나라, 정의로운 대한민국"이라는 국가비전 아래 법무행정의 비전으로 "공정하고 정의로운 사회 그리고 인권이 존중받는 사회"를 제시하고 있습니다.

공정, 정의, 인권은 인류의 보편적 가치입니다. 우리나라도 헌법에서 보장하고 있는 원칙이고, 그 원칙을 지키기 위한 세부 기준들도 제시하고 있습니다. "대한민국은 민주공화국"이고, "대한민국의 주권은

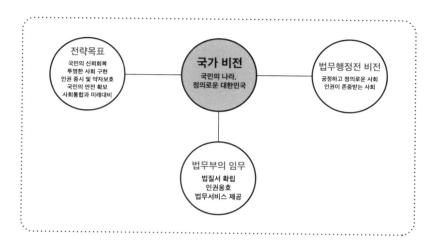

법무부의 비전과 임무, 전략목표(법무부 홈페이지)

국민에게 있으며, 모든 권력은 국민으로부터 나온다", "공무원은 국민 전체에 대한 봉사자로서 국민에 대하여 책임을 지고", "모든 국민은 인간으로서의 존엄과 가치를 갖고 행복을 추구할 권리를 가지며", "국가는 개인이 가지는 불가침의 기본적 인권을 확인하고 이를 보장할 의무를 진다"고 명확하게 제시하고 있습니다. 정부 모든 부처는 헌법을 수호하고 그 철학을 실행하는 곳입니다. 따라서 법무부의 비전은 그 헌법을 수호하는 것이어야 합니다. 법무부가 굳이 '공정'과 '정의'를 헌법과 다른 의미로 새롭게 정의하고 싶은 것이 아니라면, 굳이 헌법이 이미 천명하고 있는 공정, 정의, 인권을 자신들의 비전과 미션으로 반복해서 선언할 필요가 있는지 잘 모르겠습니다. "법에 따라 법을 집행하고 미국의 이익을 보호하며…"라는 미국 법무부의 미션이 차라리 현실적으로 와닿습니다.

우리 법무부의 '전략목표'인 "신뢰 회복, 약자 보호, 사회통합"을 들여다보면 더 의아해집니다.

첫째, 신뢰 회복이 전략목표라는 말은 법무부가 국민에게 신뢰받지 못한다는 뜻을 담고 있습니다. 정부 부처라면 당연히 국민들의 신뢰를 받아야 하는데 이런 기본적인 것까지 '전략목표'로 삼아야 하다니, 우리 행정부의 현주소가 참담합니다.

둘째, '약자 보호'의 약자는 상황에 따라 해석이 달라질 수 있는 모호한 개념입니다. 약자는 누구이고 그럼 강자는 누구인지 명확한 정의가 없으면 '약자 보호'는 법무부 구성원 개개인의 신념이나 이해관계에 따라 얼마든지 달라질 수 있는, 전혀 '법치'스럽지 않은 구호가 됩니다. 무엇보다 이 말에는 "강자는 범죄자, 약자는 피해자"라는 무서운 전제가 들어가 있습니다. 예를 들어 부자는 강자고 가난한 자는 약자라면, 부자는 범죄자고 가난한 자는 피해자인가요? 부자이고 가난한 정도는 또 누가, 어떻게 정할 건가요? 부를 많이 가진 자가 사회생활에서 더 유리한 것은 맞습니다. 그러나 법 집행의 기준이 부의 정도에 따라 달리 정해진다면 오히려 약자가 보호받기 어려운 세상이 될 수도 있습니다. 미국 법무부가 왜 미션에 굳이 '치우침 없는(impartial)'이라는 말을 넣었는지 고민해 봐야 합니다.

셋째, '사회통합'입니다. 법무부의 업무란 본질상 이해 충돌과 다툼이 불가피한 영역입니다. 법무부가 견지해야 할 기준은 법이고, 오직 법을 근거로 사람들 간의 이해를 조정하고 때에 따라서는 처벌을 구해야 합니다. 그런데 '통합'이라는 감성적인 일을 왜 굳이 법무부가 해야 하는지, 통합을 위해서는 법의 기준도 넘어설 수 있다는 말인지 언뜻 이해되지 않습니다.

그나마 법무부의 비전과 미션은 장관 소개 바로 다음에 나옵니다. 나머지 대부분의 정부 부처 홈페이지들은 기관의 비전과 미션조차 없거나 눈에 덜 띄고, 길어야 2년도 못 가는 기관장 인사말과 기관의 추상적인 상징 이미지로 도배하고 있습니다.

정부 부처의 비전과 미션은 헌법의 철학과 원칙에 따라 정렬되어야 합니다. 왜냐하면 백만 명이 넘는 공무원들의 핵심 가치가 되기 때문입니다. 국가든 일반 기업이든 핵심 가치가 무엇인지도 모른 채 일한다면 기준 없이 일하는 것과 마찬가지이며, 공동체 입장에서 이보다 더 위험한 일은 없을 것입니다.

비전이나 사명을 그저 벽걸이 액자용 문구나 홈페이지 장식용으로 생각하는 사람이 많은 것이 현실입니다. 그러나 조직이든 사람이든 이념과 철학은 그 주체의 사고방식과 행동 패턴을 결정합니다. 특히 다양한 이해관계와 예측 불허의 환경에서 협업을 통해 성과를 이루어 내는 조직에서 공통의 비전과 미션이 불분명하면 그 하부에 연계된 기능과 지침을 정확히 제시하기가 어렵게 됩니다. 그리고 조직의 직무기능 정의와 세부 지침이 명확하지 못하면 적정한 자원 배치가 어렵고, 적정한 자원 배치가 이루어지지 않으면 생산적인 조직이 될 수 없습니다. 공동체가 추구하는 것이 무엇인지도 모르고 달려가는 것은 공동체가 망하는 지름길입니다. 국가라는 공동체가 지향하는 핵심 가치는 헌법이고, 국가의 모든 기관은 헌법을 기준으로 조직의 비전과 미션을 정렬시켜야 합니다.

2020년 9월 10일 '법원의 날'에 김명수 대법원장은 기념사에서 "우리 사회의 핵심 가치가 수호되고 정의가 실현되기 위해 노력해야 한다"면서, "법과 양심의 저울로 진지하게 내린 판결은 동요할 리 없으며, 첨예한 시기일수록 충돌하는 가치들 사이에서 공정한 재판의 의미를 되새기자"고 했습니다. 지난 몇 년간 대법원의 재판 성향과 김대법원장의 처신으로 보아, 그가 말하는 '우리 사회의 핵심 가치'란 아마 '정의'쯤 될 것 같습니다. 기념사 전문을 읽어 보진 못했지만, 뉴스로 보도된 주요 내용 중에 '헌법'이나 '헌법적 가치'라는 말이 없는 것도 충격적입니다. 대법원장은 헌법과 법과 양심 위에 '정의'가 있다고 생각하는 것일까요?

공정과 정의, 이 정권 들어 부쩍 많이 듣게 된 단어들입니다. 문제는, 대통령과 집권당이 생각하는 '공정과 정의'가 일반 사람들이 생각하는 '공정과 정의'와 뜻이 다를 때가 많다는 것입니다. 사법부의 판결들을 보면 그분들이 생각하는 공정과 정의도 각자가 다 다른 것 같습니다. 그래서 사회적 갈등을 법으로 해결하기보다 광장의 소리에 의지하는 경향이 커지고 있습니다. 이미 우리는 법의 기준과 원칙들이 광장의 소리에 묻히는 상황을 여러 차례 경험했습니다.

대한민국은 법치국가입니다. 재판의 기준은 저마다 달리 생각하는 정의가 아니라, 헌법과 그 헌법적 가치를 실현하기 위해 만들어진 법과 판례들이어야 합니다. 미국 법무부 건물 현관에는 "법이 끝나는 곳에서 폭정이 시작된다"라는 존 로크의 명언이 써 있습니다. 막강한 권력은 법을 필요로 하지 않으며, 권력자들은 끊임없이 법의 통제로부터 자유로워지려고 합니다. 그러나 시민들이 자신의 권리를 주장할 수 있는 것은 오로지 법을 통해서입니다.

오늘 우리 사회에서 법은 어떤 존재일까요? '정의'라는 허울을 내세워 법을 깃털처럼 가볍게 여기는 사람들이 정부의 요직을 차지하고 있다면 우리 사회에는 이미 법이 존재하지 않는 것과 마찬가지 아닐까요?

> 너희는 가난한 사람의 소송 문제라고 해서 공정하지 못한 재판을 해서는 안 된다. (「출애굽기」 23장 6절)

교통경찰이 뒷돈을 안 받게 된 이유
―핵심 가치와 얼라인먼트

> "여러분은 이제 미국의 독립선언문과 헌법에 담겨 있는 원칙들을 지켜내기 위해 헌신하게 될 것입니다."

2020년 미국 시타델 사우스캐롤라이나주 사관학교 졸업식에서 당시 마이크 펜스 부통령이 한 말입니다. 국가를 위해 목숨도 내놓아야 하는 군인들에게 국가의 헌법적 가치를 위해 헌신해야 한다는 그의 말이 요즘의 우리나라 상황과 대비되어 유난히 마음에 와닿습니다.

펜스의 말처럼 군인이든 공무원이든 국가를 위해 일하는 사람의 기본적인 사명은 국가의 체제와 헌법적 가치를 수호하는 것입니다. 따라서 정부 등 공공조직에 속한 사람들은 각자의 영역에서 자신들이 헌신하는 국가의 핵심 가치와 목표를 알아야 합니다. 헌법의 가치와 철학은 국가 시스템 각 영역의 정책과 전략에 담겨야 할 기본 원칙이고, 국가 시스템에는 그 가치가 실제로 이행될 수 있는 구체적인 기준과 절차가 마련되어 있어야 합니다. 이런 원칙에 따라 직제와 업무 지침 및 시스템이 구축되고 운영될 수 있도록 하는 '얼라인먼트(alignment)', 즉 정렬이 매우 중요합니다. 자동차 '휠 얼라인먼트'의 그 얼라인먼트입니다. 지침과 기준이 조직의 핵심 가치에 정렬될 때 그 뜻이 더 명확해지고, 그래야 실행 단계에서 소통이 원활해지며, 불필요한 시비와 원망이 없습니다. 또한 핵심 가치에 정렬된 기준과 지침은 업무 프로세스의 최종 단계인 견제와 균형 기능을 올바로 작동시킵니다.

국민은 정부가 어떤 정신과 철학에 따라 의사결정을 내리는지 알고 비판할 권리가 있습니다. 국민이 정부의 의사결정 과정과 결과를 판단하는 기준 중에서 가장 중요한 것은 말할 것도 없이 헌법입니다. 보수냐 진보냐에 따라 정권과 정당의 정책이나 정략은 달라질 수 있지만, 그것은 어디까지나 국가의 핵심 가치와 국가 체제의 근간을 규정한 헌법 범위 내에서입니다. 만약 정부 각 부처, 의회 각 정당의 정책이나 정강이 헌법적 가치에 정렬되어 있지 않다면 국가 시스템은 유동성이 커집니다. 유동성이 커지면 예측이 어려워지고, 예측 불가의 상황은 위기를 초래합니다. 아무리 국민이 선출한 대통령과 국회의원, 그 대통령이 임명한 장관이라 해도 그들의 정파적 이념과 개인적 소신이 필터링과 제어 장치 없이 국정에 반영되면 국가 시스템이 흔들릴 수밖에 없겠지요. 그게 바로 국정농단입니다.

막강한 권한을 갖고 막대한 자원을 운용하는 국정 담당자들이 법치를 흔들면 한 개인의 일탈과는 차원이 다른 엄청난 결과를 초래합니다. 어떤 정파의 대통령이 선출되어 행정부를 구성하고, 어떤 정당이 국회 다수당이 된다고 해도 국가의 근간까지는 흔들지 못하도록 하는 견고한 장치가 필요합니다. 그것은 헌법적 가치가 국가의 직제와 시스템, 그리고 절차와 지침에까지 얼마만큼 잘 반영되어 있느냐, 곧 '얼라인먼트'와 직결된 문제입니다. 우리나라 정부 시스템과 기준은 과연 헌법적 가치에 정렬되어 있는지, 고개가 갸우뚱해집니다. 정부 부처뿐만 아니라 청와대와 국회 할 것 없이 힘 있는 사람의 의지에 따라 이리저리 흔들리고, 광장의 민심에 따라 제도와 시스템이 오락가락하는 것을 보고 있기 때문입니다.

탄핵사태 이후 곳곳에서 벌어지고 있는 염려스러운 상황들은 결국 대한민국의 건국이념과 철학의 부재에 기인하는지도 모릅니다. 개인적으로 '어쩌다 공무원'이 된 처음에 당황스러웠던 것 하나가, 부처마다 수권(授權)법률과 시행령(부령)이 있고 법제팀이 있어 관련 법령을 제·개정하기 위해 노력하지만 막상 그 법령이 헌법의 원칙에 따르고 있는지 고민하는 사람은 많지 않다는 것이었습니다. 공무원들의 철학과 일하는 방식은 당연히 헌법이 기준일 거라고들 생각하겠지만, 공무원 대부분은 자신이 맡은 영역의 현안에만 몰두하느라 자신의 업무 수행이 헌법적 가치와 제대로 정렬되어 있는지에는 관심이 없습니다. 공무원만 탓할 것도 아닙니다. 우리 국민 개개인이 대한민국이라는 공동체에 속해 살면서도 가장 기초가 되는 일, 즉 국가이념과 헌법의 가치에 관해 공부하지 않았고, 그 가치를 지키기 위해 노력하지 않았으니까요. 저 자신 '어공'으로 6년간 지내면서도 헌법에 대해 제대로 교육을 받은 적이 없지만, 스스로도 공부를 그다지 하지 못했으니 뒤늦은 반성을 하게 됩니다.

예전에는 교통 단속에 걸리면 지갑에서 일단 현찰부터 꺼내고 본다는 말이 있을 정도로 교통경찰에게 뇌물을 주고 단속을 피하는 일이 많았는데, 요즘은 그런 풍조가 없어졌다고 합니다. 〈비밀의 숲〉이라는 드라마에서도 이런 문제를 언급했는데, 그 이유는 범칙금 내는 방식이 자동이체로 바뀐 것과 곳곳에 CCTV나 블랙박스 등 보는 눈이 많아졌다는 것, 그리고 가장 큰 이유는 얼마 안 되는 돈 때문에 공무원연금을 포기할 경찰관은 없기 때문입니다. 결국 업무 자동화, 견제와 감시 기능 그리고 처우 개선 등을 통해 기존의 좋지 않은 관행이 사라진 것입니다. 국가를 위해 헌신하는 군인이나 경찰을 존중하는 국민의 한 사람으로서 하필이면 이런 비유를 들어 유감이지만, 드라마 대사는 정부나 기업의 중요한 운영 원칙을 콕 집어내고 있습니다. '사람보다 시스템과 프로세스'라는 것입니다.

디지털은 죄가 없다

디지털 시대는 정보가 과하게 넘쳐 나는 세상을 만들었습니다. 넘쳐 나는 정보는 빅데이터 자원이 되어 또 다른 지식 생산의 밑거름이 되어 4차 산업혁명 시대를 열었습니다. 인공지능(AI)이니 사물 인터넷(IoT)이니, 잘은 모르지만 티끌 하나 없이 투명하고 깔끔한 SF영화 속 같은 세상이 열리나 보다 생각했습니다. 그러나 준비 없이 뛰어든 탓일까요, 거대한 정보의 바닷속은 한 치 앞이 안 보이게 깜깜해서 우리를 당황스럽게 만듭니다.

'아는 것이 힘'인 세상에서, 정보와 지식은 더 나은 삶의 필수 요건입니다. 그러나 찾기 어려울 정도로 정보가 많은 것은 없는 것과 마찬가지입니다. 정보는 그저 많다고 해서 좋은 게 아니라, 원하는 시점에 원하는 정보를 획득할 수 있을 때라야 유효합니다. 오늘은 무슨 영화를 보고 저녁은 무얼 먹을지에서부터, 어디에 집을 사고, 아이들에게 맞는 전공과 직업은 어떤 분야가 좋을지 등 모든 순간이 선택의 연속이고, 그 선택에 따라 우리의 삶이 결정됩니다.

순간순간 선택해야 하는 것은 개인만이 아닙니다. 우리나라 헌법의 기초를 닦고 국가의 토대를 세운 건국의 아버지들이 있습니다. 그들은 국가의 이념과 체제로서 자유민주주의와 시장경제를 제시했고, 단군 이래 처음으로 국민이 뽑은 국회의원들이 그 이념과 체제를 선택하고 그에 따라 대통령을 뽑고, 제2대부터는 대통령도 국민이 직접 선택했습니다. 그러면서 식민지와 전쟁의 폐허에서 산업화와 민주화를 이루어 냈고, 세계가 칭찬하며 벤치마킹하는 기적을 이루었습니다. 중간에 우여곡절이 있었으나 제헌헌법이 지금도 그 골간을 유지하면서 시대 변화에 따라 업그레이드되어 현행 헌법으로 이어지고 있는 것은 건국의 아버지들이 선택한 이념과 체제가 나쁘지 않았다는 뜻입니다. 우리의 부모님, 조부모님 세대는 그 선택이 옳다는 것을 믿고 각자 자기에게 주어진 책임을 성실하게 수행하며 지금의 대한민국을 함께 만들었습니다.

그렇게 세우고 가꾸어진 나라가 생뚱맞게 건국일이 언제냐를 놓고 의견이 분분해서, 온라인 사전들에는 이런 견해, 저런 견해가 중구난방 소개되고 있습니다. 건국 70년을 넘은 이제 와서 건국절이 새삼 논쟁거리가 된 것은 '촛불정부'가 들어서면서부터입니다. 지난 몇 년 동안 우리는 대통령을 탄핵시키고, '촛불혁명'을 내세운 새 대통령을 선택했고, 그가 이끄는 정당이 국회의 절대다수 의석을 장악하게 밀어주었습니다. 새 정부가 들어선 이후 국가의 경제 순위는 그대로이거나 오히려 떨어졌는데, 세계 14위이던 부동산 가격은 천정부지로 치솟아 세계 2위로 올라섰다고 하고, 코로나가 엎친 데 정부의 무능까지 덮쳐 일자리는 축소되고 길거리 상가들은 비어 있는 곳이 허다합니다.

더 큰 걱정은 공영 미디어와 주류 언론들이 제 역할을 다하지 못하고 있다는 것입니다. 그들은 유튜브를 비롯한 개인 미디어들을 '가짜 뉴스의 온상'이라고 깎아내리지만, 국민의 세금 지원과 막대한 자원을 가진 자신들은 때로는 사실을 왜곡하고 때로는 침묵하며 진실 보도의 책임을 다하지 않습니다. 조국 교수 부부의 "가짜 표창장이 가짜로 인정되기까지 2년이 걸렸다"는 정치평론가의 탄식처럼, 지금 우리 사회는 무엇이 진실이고 무엇이 가짜인지 구분이 안 되는 그야말로 이 전투구, 진흙탕 싸움의 공간이 되고 있습니다.

최근에는 음주운전 등 전과 4범 전력에다 자신의 인척에게 상상을 뛰어넘는 욕설을 하고, 대규모 개발사업으로 주변 업체와 인물들에게 1천 배 이상의 수익금을 가져가도록 했다는 구설수에 오른 분이 공당의 대통령 후보로 확정되기도 했습니다. 40년 가까이 회사와 공직 생활을 하면서, 아랫사람의 소소한 잘못에 윗사람이 책임을 지고 자리를 떠나는 경우를 많이 보았습니다. 지금까지 저의 사회생활 상식은, 조직의 관리자는 자신이 직접적으로 관여했든 안 했든 자신이 맡은 영역에 대해서는 무한책임을 진다는 것입니다. 가끔 은행이나 주민센터에 가 보면 창구 저 뒤편에 하는 일도 없이 앉아 있는 것 같은 사람을 보면서 '이렇게 바쁜데 저 사람은 뭐 하고 있나?' 싶을 때가 있습니다. 그런데 조직 경험을 해 본 사람은 그가 맡은 '책임의 무게'를 압니다. 그 지점이나 센터에서 문제가 일어나면 그 사람이 전적인 책임을 져야 하고, 심지어 자신도 모르는 상황에서 일어난 일인데도 옷을 벗기까지 합니다. 그런데 자치단체장 노릇을 잘못해서 세금과 시민들의 돈으로 엉뚱한 사람들의 배를 불려 준 사람이 대통령 후보가 된 것도 모자라, 자기가 저지른 사업에 서명까지 있는 서류가 10여 건이 넘게 나와도 자신과는 관련이 없다고 변명하면 언론과 미디어는 그 말을 그대로 방송해 줍니다. 국민을 대표해서 일하라고 뽑아 놓은 국회의원들은 국정감사장에서 그 잘못을 감싸 주느라 여념이 없습니다.

사실 이상한 사람들은 어디에나 있고, 평생토록 올바르게만 살아가는 사람들이 많지 않은 것도 사실입니다. 그러니 흠결이 많은 사람이라고 해서 대통령 후보로 지원조차 하지 말라는 법은 없습니다. 지금 우리가 당황스러워 하고 심각하게 생각하는 것은 그런 후보의 개인 신상이나 비리에 대한 의혹보다, 집단지성을 자랑하는 거대 정당이 그런 사람을 대통령 후보로 확정했다는 것입니다. 그들의 상식과 내가 생각하는 상식이 다르다는 뜻입니다. 지금 우리가 보고 있는 세상이 마치 〈오징어 게임〉 속 세상과 다를 바 없다고 느끼는 것이 저뿐일까요?

　　도대체 언제부터 우리 사회가 이렇게 되었을까? 대한민국이라는 국호와 헌법은 그대로인데, 사회가 굴러가는 시스템은 진보하거나 현상 유지는커녕 몇십 년은 퇴보한 것 같습니다. 무엇이 잘못된 걸까요?

　　결국은 '우리가 선택한 결과'라는 것을 인정할 수밖에 없습니다. 몇 년에 한 번씩 투표장에 나가 그다지 나쁘지 않을 것 같은 사람에게 도장 찍어 주는 것만으로 국민의 책임은 다했다고 생각한 자신을 돌아보게 됩니다. 대한민국이 시장경제, 자유민주공화국이라는 말의 의미가 무엇인지 그다지 진지하게 생각하지 않고 살아온 것을 반성하게 됩니다.

길지 않은 공무원 시절, 비교적 간단한 법안 개정을 시도한 적이 있습니다. 지금은 거대 여당이 된 당시 야당과 시민단체가 합세해 막는 바람에 법 개정은 실패했는데, 그 골자는 문재인 정부 들어 다른 법령에 반영되어 현재 시행되고 있습니다. 당시 법 개정은 박근혜 정부의 규제 개혁의 일환으로 추진하던 일이었는데, 대통령보다 야당과 시민단체의 힘이 더 셀 수도 있다는 것을 그때 처음 알았습니다. 그때 한 야당 의원 보좌관이 한 말은 지금도 뼈를 때립니다.

"개정의 취지는 이해하겠으나, 박근혜 정부가 추진하는 일이기 때문에 절대로 통과시킬 수 없다."

그 얼마 후 박근혜 대통령은 탄핵되었고, 부정선거의 시비가 있기는 하지만 국민은 문재인 대통령과 뜻을 함께하는 정당에 국회의 180여 석을 몰아주었습니다. 이제 그들이 나라의 체제와 법을 바꾸건 말건, 국민인 우리가 선택한 사람들이 하는 일이니 시비를 걸기도 어렵습니다.

결국 지금의 상황은 누가 앞장을 섰든 주류 언론을 비롯한 많은 사람이 적극적으로 호응하거나 침묵으로 동의했기 때문에 일어난 결과입니다. '내가' 그들을 선택하지 않았으니 나는 책임이 없다고 말할 수 없는 것은, 공동체에는 연대책임이란 게 있기 때문입니다. '우리'는 다 같이 어느 한쪽에 모든 힘을 실어 주었고, 그들은 지금 자신들이 얻은 힘을 마음껏 사용하고 있습니다. 그리고 정작 그들을 견제하고 감시할 주체들은 이제 남은 힘도 없는 듯 제 역할을 다하지 못하고 있습니다.

분명 지금 우리 사회는 불과 몇 년 전의 그 모습이 아닌데, TV의 예능 프로그램에서는 착하게 생긴 연예인들이 나와 사람 좋은 웃음과 재치 있는 유머로 "아직 세상은 살 만하다"고 말합니다. 하지만 주류 언론이 전해 주는 소식이 다 진실은 아니라는 것을 알아 버린 사람들, 〈오징어 게임〉처럼 누군가 설계한 대로 흘러가는 세상의 이상한 흐름을 깨달은 사람들은 연예인들의 웃음소리에서 더 이상 위로를 받지 못합니다. 무언가 커다란 위험을 감지한 사람들이 '극우'와 '미친 사람'이라는 소리를 들어 가며 길거리와 온라인 공간에서 외치고 다니지만, 소수의 그들이 대항하기에 우리 사회의 시스템은 너무나 크고 견고합니다.

국가라는 거대 시스템의 위험은 개인의 위험과는 차원이 다르며 되돌리기가 어렵습니다. 개인이든 가정이든 기존의 것을 바꾸어 새로운 것을 만들기 위해서는 가능한 한 많은 정보를 모으고 주위 사람들의 의견도 듣고, 만약 잘못될 경우의 리스크까지 계산하면서 일을 추진하게 마련입니다. 하물며 국가라는 거대 공동체의 틀과 시스템을 마련하는 데는 훨씬 방대한 양의 정보가 필요하고, 비슷한 정책을 시행했거나 추진한 다른 나라는 어땠는지 벤치마킹도 하여 모든 경우의 수를 따져 가며 추진해야 합니다. 만에 하나 일을 그르쳤을 때 국가와 국민들이 입을 피해까지 고려해야 하는 겁니다. 그렇게 국가의 미래가 개인의 미래를 좌지우지하고, 개인은 결국 그가 속한 국가와 운명을 같이한다고 해도 지나치지 않습니다.

국가를 책임질 사람들을 선택하는 일은 우리 개인의 삶의 방향과 질을 선택하는 일입니다. 우리는 대한민국의 이념과 철학, 그리고 헌법이 담고 있는 중요한 가치를 이해하고, 국가관과 정치철학이 분명한 사람을 선택해야 합니다. 글로벌 시대의 복잡한 국제관계 속에서 어떤 것이 국가와 국민에게 이익이 될 것인지 판단할 수 있는 혜안과 경륜은 필수입니다. 그런 점에서 지금까지 우리의 투표권을 제대로 행사

했는지 돌아볼 필요가 있습니다. 대통령과 국회의원들을 뽑을 때 그가 어떤 국가관을 가졌는지, 그가 평생 해 온 일과 그 성과는 무엇인지, 그리고 국제관계에 대한 관점은 무엇인지 알아보지도 고민하지도 않았던 게 분명합니다. 우리가 지금 직면한 어려움은 어쩌면 동향, 동문이라는 이유로, 심지어 '착한 사람처럼 보인다'는 이유로 쉽게 선택한 결과인지도 모릅니다.

나와 우리의 '현재'는 어제 선택한 '미래'였습니다. 때로 '나의' 의지가 관철되지 못했더라도, 대한민국이라는 공동체를 위해 현명한 선택을 할 의무와 책임이 '우리'에게는 있습니다. 현명한 선택은 각 개인이 진실을 알고 세상의 맥락을 읽을 줄 아는 데서 나옵니다. 아는 만큼 보이기 때문입니다. 제대로 알지 못해서 잘못 선택한 대가를 수십 년 동안 치를 수도 있습니다. 히틀러에 열광한 독일 국민의 선택은 독일에는 치욕, 유대인과 세계에는 씻지 못할 아픔을 남겼고, 모두가 평등하게 살게 해 주겠다는 공산주의자들의 말을 믿은 사람들의 선택이 지금의 북한을 만들었습니다.

　약육강식의 논리가 지배하는 세계에서 힘센 나라들에 둘러싸인 대한민국입니다. 그럴수록 주류 언론의 책임이 막중합니다. 세상 돌아가는 상황을 정확하게 전달하지 못하면 사람들이 세상을 정확하게 읽고 올바른 판단을 할 수 없기 때문입니다. 개인들의 올바르지 못한 판단이 국가를 위험에 빠뜨립니다. 힘이 없는 사람들은 그나마 진실이 살아 있을 때라야 희망을 가질 수 있습니다. 그러나 대체로 악하고 힘 있는 사람들이 거짓을 도구로 휘두르기에 현실은 암담하기만 합니다. 거짓이 디지털이라는 무기를 얻어 진실보다 더 진실처럼 보이는 세상에서 주류 언론은 거짓으로 신뢰를 쌓아 가고, 여론조사는 편향된 사람들의 일방적인 의견만을 반영하고, 심지어 선거 결과가 조작되어도 검증할 길이 없습니다.

그러나 따지고 보면 디지털은 죄가 없습니다. 디지털은 한갓 기술이고 수단입니다. 사람이 어떻게 사용하느냐에 따라 거짓의 도구가 될 수도, 사람을 살리고 발전시키는 도구가 될 수도 있습니다. 앞으로 우리의 삶은 더 복잡해지고 힘들어질지도 모릅니다. 그러나 삶의 무게가 버거워도 버티고 살아가는 것 외에 달리 선택의 여지는 없습니다. 다만, 제대로 살기 위해서는 최소한 예전의 아날로그 시대와는 다른 마인드와 다른 지식이 필요하다는 것만은 똑바로 깨달아야 합니다.

"인생에는 중요한 선택이 있다. 하나는 주어진 환경을 그대로 받아들이는 것이고, 다른 하나는 그것을 바꿀 책임을 받아들이는 것이다." (샘 고슬링, 『스눕: 상대를 꿰뚫어보는 힘』)

미디어는 사회주의를 좋아해

이념도 트렌드가 되고 패션이 되는 세상입니다. '공공'과 '공정' 같은 말들이 언젠가부터 '개념 있는' 사람들의 소신 발언처럼 포장되고,

'분배'와 '나눔'은 사회주의를 통해서만 가능하다고 생각하는 사람들이 미디어와 SNS를 주도하면서, 우리가 택하고 있는 자본주의는 조롱과 풍자의 대상을 넘어 '악의 축'으로까지 여겨지고 있습니다. 우리나라가 절대빈곤에서 벗어나 지금 같은 부를 누리게 된 것이 그 자본주의 덕분이고, 우리와 다른 체제를 택한 한반도의 절반은 기본적인 삶의 질도 누리지 못하고 있는 것과 비교하면 요즘의 '사회주의 짝사랑'은 좀 생뚱맞아 보입니다.

자원(재화)은 유한하고 욕망은 무한하다는 것을 우리 모두 잘 알고 있습니다. 그래서 인간 세상에 경쟁은 불가피하지만, 그 경쟁 덕분에 정치·경제·문화·기술은 발전해 왔습니다. 사람마다 능력과 노력에 차이가 있어 '격차'가 생길 수밖에 없고, 그중 빈부격차가 가난한 사람들의 소외감을 불러일으켜 사람들 간, 집단들 간 갈등을 증대시킨다는 것이 문제입니다. 격차는 자본주의나 사회주의 할 것 없이 모든 나라의 정부와 관료와 학자들이 늘 고민해 온 난제입니다.

난제의 바탕에 '한정된 자원'과 '개인의 이기심'이 있습니다. 사회주의든 사회민주주의든 사회적 시장경제든, '사회'라는 말을 좋아하는 사람들은 "많이 가진 사람에게서 빼앗아 덜 가진 사람에게 주면 된다"고 쉽게들 말합니다. 쉽게 말해 '분배'입니다. 코로나로 경제활동에 타격을 입은 사람들을 구제한다며 정부가 돈을 풀고, 그 재원을 마련하기 위해 대기업과 부자들의 세금을 늘리는 게 대표적인 사례입니다. 사회적 분배에는 강제성이 필요하고, 그 결과 분배를 주도하는 세력의 힘이 갈수록 커질 수밖에 없습니다. 사회(주의)적 경제에서는

'분배하는 권력'을 틀어쥔 특권층이 생길 수밖에 없습니다. "모든 동물은 평등하다. 어떤 동물은 더 평등하다"(조지 오웰, 『동물 농장』)라는 말처럼, 평등과 분배를 기치로 사회주의 체제를 선택한 나라들이 오히려 특정인이나 집단에 권력이 집중되는 전체주의로 흐른 사례가 많다는 점이 그것을 말해 줍니다.

그러나 시장에 대한 과도한 간섭은 자유시장과 건설적인 경쟁 의욕을 위축시켜 사회 전체의 부(富)를 감소시키고, 결국은 분배할 부 자체가 줄어들 수밖에 없습니다. 분배 좋아하는 사람들이 흔히 드는 사례가 스웨덴이나 노르웨이 같은 북유럽 국가들인데, 이 나라들은 기본적으로 자본주의 시장경제 체제이며 정부는 생산수단을 소유하지 않습니다. 그리고 이제는 과도한 세금을 포기하고 정부의 역할을 축소하는 쪽으로 방향을 전환하고 있다는 사실을 분배론자들은 애써 가리려 합니다. 더 나쁜 예로 '분배'가 포퓰리즘과 만나 독재를 낳고 국민의 삶은 나락으로 떨어진 베네수엘라, 아르헨티나 같은 사례는 더 말할 필요도 없습니다.

그런데 주류 학자와 정치평론가들, 입만 열면 자본주의와 빈부격차의 폐해를 부각시키고 '공정'과 '분배'만이 답인 것처럼 말하는 사람들이 적지 않습니다. 우리가 지금 누리고 있는 것들이 우리 위 세대가 몇십 년간 목숨까지 걸고 지켜 낸 자유민주주의와 시장경제 체제 덕분이라는 사실은 외면합니다. 심지어 자본주의의 꽃인 미디어·연예·광고 시장에서 엄청난 부와 명예를 누리고 있는 유명 연예인들 중에서도 이른바 '개념 연예인'이라 하여, 노골적으로 사회주의를 옹호하고 대한민국의 역사를 평가절하하고 지금의 우리나라가 부익부빈익빈의 양극화를 심화하고 재벌과 같은 특권층을 양산할 뿐이라고 선동하는 사람들이 있습니다. 이런 사람들의 특징은 사회를 '강자 대 약자' 구도로 보고, "강자는 악, 약자는 선"이라고 주장하는 것입니다. 그러나 그들은 미디어와 광고 시장에서 자신들이야말로 강자라는 사실은 은근히 덮어 버립니다. 사실인즉 강자와 약자는 인류가 사회생활을 한 이래 언제나 존재해 왔고, 지금만큼 강자들이 마음대로 횡포를 부리지 못하고 약자들이 기본적인 인권을 누릴 수 있게 된 것도 따지고 보면 근대 자유주의와 자본주의 덕분인데 말입니다.

사실 '개념 연예인'의 말 한마디가 어느 정치인의 연설보다 힘을 발휘하는 시대이긴 합니다. 어느 연예인이 자기 SNS에 무슨 구호가 적힌 피켓을 든 사진 한 장 찍어 올리면 한순간에 누군가는 '착한 약자'가 되고 누군가는 몹쓸 인간이 되어 버립니다. '개념 연예인'의 힘이 막강한 나머지 가끔은 법원의 판결도 그 눈치를 보는 것 같고, 국회가 발빠르게 호응해 '민식이법' 같은 새로운 법을 뚝딱 만들어 내기도 합니다. 한때 주류 언론이 누리던, 입법·행정·사법에 이은 '제4부(府)'의 권력을 이제는 인플루언서의 개인 미디어와 SNS가 누리는 것 같습니다. 미디어와 SNS가 주된 소통 기반이 되면서, 우리는 모든 대상을 맨 먼저 '영상과 이미지'를 통해 인식하는 데 익숙해졌습니다. 화려하고 자극적인 이미지에 길들여진 사람들은 진실과 허구를 가리지 않고 더 강한 자극을 추구하게 됩니다.

개념 연예인들이 들먹이는 '공정'과 '정의'는 그 자체가 좋은 말입니다. 문제는, 공정과 정의를 외치는 사람들이 말하는 공정과 정의의 실상이 공정과 정의라는 말뜻과 일치하느냐입니다. 공정이니 정의니 하는 말들이 사람을 선동하는 구호에 불과하지 않으려면 사회의 정치·제도·문화·경제 모든 측면에서 많은 것들을 고려하고, 얼마나 복잡한 규범과 시스템의 설계가 필요한지 고민해야 합니다. 좋은 세상은 결코 좋은 말만 가지고 만들어지지 않습니다. 5천만 국민이 다 같이 행복하게 잘사는 것은 다섯 식구가 잘사는 것과 차원이 다른 문제이고, SNS와 미디어에서 말 한마디 툭 던지고 특정인의 탓으로 돌리는 것만으로 해결할 수 없습니다. 고작 몇 분짜리 영상, 한두 컷의 이미지로 모든 것을 해석하고 말 몇 마디로 문제가 해결될 것처럼 생각하는 것은 '지나친 단순화의 오류'이고 '완벽한 솔루션의 오류'입니다.

> (지나친 단순화의) 오류는 지도자나 공인들이 완벽한 모습을 가져야 한다는 군사부일체를 미덕으로 삼던 시대의 유물이다. 우리 시대의 최고지도자도, 스승도, 아버지도 완벽할 수 없다는 사실을 모든 국민이 체험으로 알고 있다. (…)
> 완벽한 솔루션 오류의 가장 재미있는 부분은 바로 이 오류가 특정인을 비난하는 데 쓰일 뿐만 아니라 특정인을 감싸는 데도 요긴하게 사용된다는 점이다.[1]

---

1 김종훈, "과도한 단순화나 성급한 일반화의 오류", 일간투데이 2020. 10. 13.

세상은 '경쟁이냐 공정이냐', '성장이냐 분배냐'의 흑백논리로 풀 수 없는 문제투성이입니다. 사람 좋아 보이는 연예인이나 말 잘하는 정치평론가의 한마디가 우리 사회의 문제를 해결해 주지 못합니다. 해결은 커녕, 모든 것을 이처럼 단순화해 버리는 디지털 세상의 함정이 문제를 더 복잡하게 만들고 우리를 갈수록 더 어렵게 만들 수도 있습니다.

하루 종일 디지털 기기와 인터넷에 붙들려 살아가는 우리는 스스로 판단하기를 내려놓고 디지털 세상이 보여 주고 들려주는 것에만 안주하며 살고 있는 것은 아닐까요? 디지털 덕분에 세상이 투명해졌다고 착각할 때, 디지털의 차가운 이중 구조는 우리의 삶을 거짓의 프레임에 가두고, 더 넓은 세상을 볼 수 없도록 울타리를 치고 있습니다. 무엇보다, 디지털 세상에서는 정보를 통제하고 분배하는 사람들이 권력을 가진다는 것을 깨달아야 합니다. 이미 우리는 그들이 설계하는 세상에서 살아가고 있는지도 모릅니다. 정보권력을 가진 집단이 우리에게 직접적으로 이래라저래라 명령하는 대신, 그보다 훨씬 더 강력한 방식으로 우리의 생각과 일상을 지배하고 있기 때문입니다.

세상은 개인 각자가 깨어 있을 때라야 비로소 바로 설 수 있습니다. 역사적으로도 집단적이고 획일적인 사고가 강요될 때보다는, 공동체 규범의 틀 안에서 개인의 자유와 창의성을 보장하고 자유에 따른 책임을 강조한 시대에 사람들의 삶이 좋아졌다는 사실을 기억해야 합니다.

6
결국 '공공'이 문제다

공무원 사회는 오늘도 안녕합니다
—2016년 12월 어느 날 광화문 사무실에서

2016년이 저물고 있습니다. 광화문광장 바로 앞에 정부 서울청사가 있습니다. 저의 근무지는 정부 대전청사이지만 장·차관 업무보고나 회의가 있으면 광화문 청사로 올라오곤 합니다. 예년 같으면 송년 분위기로 들떠 있을 요즘, 광화문광장에는 연일 사람들이 쏟아져 나와 '대통령 탄핵'을 외치고 있습니다. 송년을 축하하는 네온사인 대신 바람에도 흔들리지 않는 LED 촛불 전등이 광장을 가득 메우고 있습니다. 광장의 위세가 너무나 당당하고 위압적이라 그 누구도 다른 이야기를 하는 건 용납되지 않는 분위기입니다.

대한민국 역사가 시작된 후 광화문광장은 주기적으로 시끄러웠습니다. 돌이켜 보면 광장의 외침과 소란이 때로는 정당했지만 때로는 과연 온 사회를 뒤집어 놓을 만큼 의미 있는 일이었는지 의아한 경우도 있었습니다. 온 나라를 들썩이게 했던 그 문제들이 그 뒤 어떻게 마무리되고 역사의 기록으로 남아 있는지도 궁금합니다.

어쨌든 광장은 또 소란스럽습니다. 월드컵 축구 경기 때 태극기 손에 들고 이곳에 모여 우리 축구팀을 한마음으로 응원했던 사람들이 이제는 태극기 대신 촛불을 들고 대통령을 탄핵하라고 외치고 있습니다.

탄핵을 외치는 광장의 열기에 몇 년 전 세월호 아이들을 잃은 슬픔이 더해집니다. 그때 아이들을 구해 내지 못한 죄책감이 다시 후벼져 아프지만, 그 누구도 이제 그만 하자는 말을 하지 못합니다. 그 슬픔과 상처가 우리 모두의 자성 대신 정권을 향한 원망과 분노로 재결집되어 광장을 다시 채우고 뜨겁게 달구고 있습니다.

사실 광장에 사람들을 다시 끌어모은 건 시민들의 피켓에 써 있는 '최순실'이라는 사람입니다. 대통령의 막역한 친구이며 청와대 비서관의 전 부인이라는 그녀의 이름은 왠지 매우 탐욕스럽고 '한 갑질' 할 것처럼도 보입니다. 아닌 게 아니라 언론들이 온종일 쏟아 놓는 그녀와 그녀 딸의 갑질 이야기는 공분을 사기에 충분했고, 그러잖아도 세월호로 인한 분노가 아직 남아 있는 사람들에게 합리적이거나 논리적 사고를 하지 않아도 될 명분을 주고 있습니다. 어쩌면 최순실 씨와 그 딸의 과거 언행이 도마에 오르고, 세월호 사고 당시 대통령의 7시간 동안의 행적을 분 단위로 내놓으라는 소리가 커지면서 탄핵은 점점 더 기정사실이 되어 가는 듯합니다. 청와대가 뒤늦게 그날의 대통령 일정을 공개했지만, 사람들은 이미 사실 여부에는 관심이 없는 듯 보이기 때문입니다.

광장에 모형 단두대가 설치되더니, 피 흘리는 대통령의 얼굴 모형을 장대에 매달아 흔드는 장면이 인터넷 포털을 채우고 있습니다. 200여 년 전 프랑스 혁명 시대에 처형당한 왕비의 모습을, 21세기 자유민주공화국이며 법치국가를 자부하는 대한민국의 광장에서 재현하는 게 잘 이해가 가지 않습니다. 개인적으로 베이비붐 세대의 끝물에 태어나 격동의 세월을 살아온 세대이고 주기적으로 소란스러웠던 광장에 익숙하지만, 예전과는 또 다른 험악한 분위기에 알 수 없는 불안과 두려움이 마음을 누릅니다.

광장의 함성보다 더 이상한 것은, 국회·학계와 시민단체들은 물론이고 심지어 "원수를 용서하고 죄인을 사랑하라"고 설파해 온 종교계 지도자들까지도 모두가 광장의 소리에 침묵으로 동의하거나 점잖은 말로 동참하고 있고, 언론들은 하루도 빠짐없이 비슷한 이야기만 쏟아 내고 있는 것입니다.

- 대통령의 오랜 친구이며 집사격인 최순실이라는 촌스러운 이름의 중년 여인이 감히 대통령의 연설문을 고치고, 인사에 개입했다.
- 무슨무슨 재단을 세워 부정으로 재벌기업의 돈 70억 원을 갈취했다.
- 대통령이 최순실과 '경제공동체'로서 재벌기업에 대해 청탁과 압력을 행사했다.
- 세월호 사고 당시 대통령이 청와대에서 인신공양의 굿을 했다.

- 세월호가 가라앉고 아이들이 구조받지 못하던 그 시간(7시간)에 대통령이 성형을 하고 있었다, 또는 어느 호텔에서 남자와 함께 있었다. (…)

사실이라면 공분을 사고도 남을 이런 얘기들 중 실체가 있는 것은 최순실 씨가 기업들로부터 취했다는 경제적 이득 '70억 원'과, 어느 재벌기업이 정유라 씨에게 주었다는 '말'입니다. 그런데 70억 원의 돈은 여전히 재단에 남아 있다고 하고, 말의 실소유자는 정유라 씨가 아니라고 합니다. 그러니까 지금 사람들이 분노하고 있는 얘기의 핵심은 사실 '대통령 측근 인사의 갑질'과, 근거도 맥락도 없는 대통령에 대한 '카더라'식 소문입니다. 설사 최순실 씨의 황당한 갑질이 모두 사실이고, 대통령에 대한 허무맹랑한 소문들이 사실이라고 해도, 아직 검찰 조사와 법원 판결이 나온 것도 아니고, 박근혜 정부 3년차가 지나며 나라는 여느 때나 다름없이 안정되게 돌아가고 있는데, 지금 당장 대통령을 끌어내리지 않으면 큰일이라도 날 것처럼 다들 흥분해 있습니다. 대통령은 내란이나 외환의 죄를 범한 경우 외에는 재직중 형사상의 소추를 받지 않는다는 헌법 제84조는 어디로 갔으며, 현장에서 잡힌 살인범에게도 적용되는 '무죄 추정의 원칙'이 대통령에게는 적용되지 않는 것인지, 어째서 대통령을 탄핵하더라도 검찰 조사와 법원의 판결이 나온 후에 결정하는 것이 절차적으로 타당하다고 말하는 사람조차 없는지, 이런 현실이 참 우울합니다.

개인적으로 광장의 상황만큼이나 적응이 안 되는 것은, 광장 바로 앞 청사 사무실 안에서 평온한 얼굴로 일하고 있는 공무원들입니다. 북한에서 탈출한 태영호 전 공사는 "이렇게 온 나라가 뒤집힐 것 같은 와중에도 나라의 시스템이 돌아가고 있는 게 참 신기하다"고 합니다. 그분은 아마 우리 정부 안에 어떤 상황에서도 끄떡하지 않는 공무원들이 있다는 것을 모르는 것 같습니다.

30년 넘게 회사 생활을 하면서 냉철한 조직의 생리를 경험했고 웬만한 산전수전은 다 겪었습니다. 그럼에도 지금 공무원들의 평온은 생경스럽고 뭔가 이상합니다. 일개 작은 조직도 기관장을 문책하려면 형식적으로라도 명확한 근거 제시와 검증 절차를 거칩니다. 미래를 생각하는 합리적인 조직은 아무리 리더가 마음에 들지 않아도 그 리더가 교체될 경우 조직이 감당해야 할 리스크를 감안하고, 절차적 정당성을 고려해 가며 교체 작업을 진행합니다. 하물며 국정 전반의 결정권을 가진 대통령을 갑자기 자리에서 내려오게 하는 건 국방·외교·경제·사회 전 분야에 걸쳐 큰 리스크를 감수하는 일입니다. 감성과 선동에 약한 광장의 불특정다수의 사람들은 그럴 수 있다 하더라도 공무원들은 달라야 합니다. 대한민국은 법치국가이고, 엄연히 헌법과 법률이 있으며, 공무원들은 헌법과 법률에 따라 일하고 국가의 시스템을 운영하는 사람들입니다. 그래서 관료와 공무원들은 일반 사람들과 생각과 행동이 달라야 합니다. 그러나 지금 국가적인 리스크와 법치의 정당성에 대해 고민하는 조직과 사람이 거의 보이지 않는 현실이 안타깝습니다.

지금 우리 사회에서 이른바 '정의'라는 말 앞에서는 절차적 정당성이나 법치 운운하는 것은 개가 풀 뜯어 먹는 소리일 뿐입니다. 사람들은 마치 대통령 탄핵만 이루어지면 만사 해결된다는 근거 없는 확신에 차 있는 듯합니다.

사실 광화문광장은 수시로 시끄러웠고, 그때마다 법의 원칙이나 사회가 합의한 질서나 규범보다는 누군가의 분노와 울분이 우선되어 온게 우리의 현실입니다. 수시로 일어났던 그 소란과 혼란에도 불구하고 삐거덕거리면서도 나라가 근근이 지탱되어 온 것은 어쩌면 지금과 같은 공무원들의 초연한 자세와 성실함 덕분일지도 모릅니다. 그러나 거꾸로 생각하면, 나라가 어떤 지경이 되든 '동요하지 않고 성실하게' 자신들의 자리를 지키는 공무원들 때문에 여전히 우리 사회는 집단적 분노와 울분을 법 테두리 안에서 해결하지 못하고 광장에서 해결하는 관행이 반복되고 있는지도 모릅니다. 광장이 이렇게 늘 시끄러운 이유는 법이나 시스템으로 해결하지 못하는 뭔가가 있기 때문입니다. 그리고 이렇게 부실한 제도와 시스템을 가지고 이리저리 뚝딱거려서 돌려막기처럼 운영해 온 성실하고 능력 있는 공무원들이 버티는 한, 앞으로도 우리는 문제의 근본적인 원인과 해결책을 찾아내지 못할지도 모릅니다. 거기에다 광장에서 사람들이 분노와 울분 위에 '정의'와 '사람이 먼저'라는 피켓까지 들게 되면 법이나 절차는 더욱 힘을 잃어 갈 것입니다.
  법치가 훼손된 세상에서 '정의'가 과연 구현될 수 있을지 의문입니

성과지표가 개인의 실적을 제대로 반영하려면 누구나 공감할 수 있는 성과지표의 도출이 필요합니다. 이를 위해서는 조직의 미션과 목표에 정렬된 세부적인 직무 설계가 전제되어야 하고, 그래야 직무에 맞는 적정 인력의 배치도 가능해집니다. 그러나 조직의 목표와 미션이 애매하고 직무도 모호하게 정해져 있으면 업무에 우선순위를 부여하고 성과지표를 차별화하기가 사실상 어렵습니다. 전체 조직의 비전과 미션이 하부 조직의 목표와 전략에 연결되어 정렬되어 있지 않으면 조직의 미션과 기능별 목표가 불분명해지고 조직의 목표를 담은 직무 설계가 어렵기 때문입니다.

우리나라 정부 부처 홈페이지에 가 보면 부처의 비전과 미션이 분명하게 제시된 곳이 별로 없습니다. 가끔 있다 해도 그야말로 '좋은 말 대잔치'이고 벽걸이 액자처럼 홈페이지 구색 갖추기이기 십상입니다. 정부 조직의 비전과 미션은 대통령이나 장관이 정하는 것이 아니라 건국 철학과 헌법 그리고 국가의 핵심 가치에 기반해 수립해야 합니다. 헌법적 가치에 따라 조직의 비전과 미션이 정해지면 어느 정당에서 대통령이 나오든, 어떤 철학을 가진 사람이 장관이 되든 조직은 크게 흔들리지 않습니다.

국가의 이념과 헌법이 대원칙이 되고 그 원칙이 조직의 미션에 반영되면 조직이 지향하는 목표도 더욱 분명해집니다. 목표가 분명하면 기능별 역할과 개인 단위 과제가 명확해지고, 업무의 우선순위와 성과관리 항목별 가중치 부여가 정당성을 얻습니다. 국가기관의 모든 기능과 업무가 중요도나 시급성에서 똑같을 수는 없습니다. 한정된 자원을 가지고 목표하는 바를 이루려면 결국 업무 영역별, 과제별 가중치 부여와 그에 따른 차별화는 불가피합니다. 그러나 국가의 핵심 가치에 정렬된 기능이나 업무 체계가 마련되어 있지 못하면 지금 같은 '백 퍼센트 달성 가능한 성과지표' 체계를 벗어나지 못합니다.

모든 정부 부처가 다 그런 것은 아니겠지만 각 부처 공무원들, 특히 고위공무원들은 자신이 속한 부처 중심으로 생각하고 자신의 조직 목표에만 집중하는 경향이 있습니다. 당연한 것 아니냐고 하겠지만, 고위공무원은 달라야 합니다. '고위공무원단'을 따로 설정해 운영하고 그들에게 특별대우를 하는 데는 단순히 부처 차원이 아니라 국가 전반의 상황을 고려하라는 뜻이 담겨 있습니다. 더구나 IT가 주도하는 융합(컨버전스) 시대 아닙니까. IT를 기반으로 많은 분야가 서로 통합되고 있는 사회적 흐름에 발맞추어 정부 업무도 국가 전반의 통합적 관점에서 수행해야 할 텐데, 그 역할이 결국 고위공무원의 몫입니다. 그렇게 하지 않으려면 1급, 2급… 하던 기존의 직급 체계에다 굳이 '고위공무원단'이라는 박스 표시를 할 이유가 없습니다.

그런데 고위공무원단 안에도 확실한 차별 기준이 한 가지 있습니다. 바로 행정고시(행시) 출신이냐 일반공무원시험(공시) 출신이냐에 따라 '성골'과 '진골'로 구분되는 것입니다. 공시 출신 중에서도 고위공무원으로 가는 사람들이 있기는 하지만 거의 하늘에서 별 따기만큼 어렵습니다. 그러나 대부분의 정부 부처의 업무란 것이 행정업무 중심이라서 고도의 전문성과 창조적인 기획 역량보다는 법에 따라 주어진 직무기능을 수행하면 되는 경우가 많습니다. 새로운 정책을 개발하거나 혁신이라는 이름이 붙은 창의적 기획 같은 일은 대부분 대학이나 연구소 등 외부 전문 기관에 연구용역 형태로 맡기고 있습니다. 더구나 이제는 많은 업무가 전산으로 처리되는 상황에서 행시라는 어려운 시험 제도를 따로 두고 일반공무원과 구분할 이유가 있는지는 잘 모르겠습니다. 아니면 공시 출신들도 그 장벽을 좀 더 쉽게 넘을 수 있도록 여러 개의 사다리를 만들어 주는 것도 좋을 것 같습니다.

공무원의 직무 수행과 성과관리에서 또 한 가지 특이한 점은, 공무원들은 계획(plan)과 실행(do)만 열심히 하고 견제(check, 점검)와 조정(balance) 기능이 거의 없다는 것입니다. 국회의 국정감사와 부처 내부 감사 기능이 있기는 하지만 국회 감사는 여야의 정치적 입장에 따라 판단 기준이 유동적이고 이벤트적 성격이 강하며, 내부감사는 업무 감사보다 재정이나 복무 점검 성격이 강합니다. 결국 단위사업은 물론 장단기 과업에 대한 감시와 견제 기능은 매우 약합니다.

정부의 회계관리와 구매·계약은 대부분 조달청이라는 기관을 통해 이루어지기 때문에 재정의 부정이나 비리를 방지할 최소한의 장치가 마련되어 있고, 공무원들은 해당 직무에서 대체로 2년 주기로 보직을 순환하기 때문에 부정부패가 고착화되기 어려운 구조입니다. 그러나 부정이나 비리가 뇌물이나 부정입찰 같은 금전적인 영역에서만 일어나는 것은 아닙니다. 더 큰 문제는, 업무 의사결정 과정의 정당성(justification 또는 legitimacy)과 설명 책임성을 확보할 수 있는 구조가 되어 있지 않다는 것입니다. 오늘날 우리나라 정부 조직에서 일어나는 불합리한 의사결정과 그 책임의 모호성은 바로 이런 시스템에 기인한다고 생각합니다. 또한 공무원의 짧은 복무 순환 주기는 나름의 장점도 있지만 업무의 연속성 차원에서는 단점이 많습니다. 고위 공무원은 2년보다 더 짧아서 몇 개월에서 1년 조금 넘으면 이동을 예상해야 합니다. 자신이 시작해 놓은 일을 자신이 마무리하기도 어려운 구조입니다.

우리나라 공무원의 복지부동은 바로 이런 복무 관행과 인사 제도, 그리고 단위업무나 과제의 감시·견제 기능이 미약한 구조적 문제에서 기인합니다. 그러다 보니 많은 공무원들이 이벤트 성격의 단기적 성과에 집중하고, 국가의 장기적인 미래나 위험부담이 높은 일에 대해서는 깊은 고민을 하려고 하지 않습니다. 그런데 나라의 미래 계획과 위험 관리를 공무원들이 하지 않으면 도대체 누가 합니까?

　문제는 결국 '사람'보다 '시스템'과 '구조'입니다. 국가경쟁력은 정부의 경쟁력을 통해 확보된다는 측면에서 지금의 공무원 제도가 과연 최선인지 고민할 시점입니다.

그래도 공공이 필요한 이유

공공의료, 공공임대, 공공분양, 공공일자리…. 바야흐로 대한민국은 '공공 공화국'입니다. 심지어 교회에서조차 '복음의 공공성'이라는 말이 나올 정도로 모든 것에 '공공'을 붙이는 것이 유행입니다.

언젠가부터 우리 사회에는 공공이 모든 것에 우선한다는 인식이 깔려 있습니다. 아마도 공공이라는 말 속에 특정 개인이나 조직의 사익보다 사회 전체의 필요와 모두의 이익을 추구한다는 의미가 들어 있기 때문일 겁니다. 공공과 관련된 일들을 대부분 정부나 공공기관 혹은 비영리 시민단체에서 주관하는 경우가 많다 보니 더욱 그렇게 생각하기 쉽습니다.

그러나 세상에 공짜는 없습니다. 모든 일에는 비용과 자원이 소요되고, 이는 공공이라는 딱지가 붙은 일도 예외가 아닙니다. 공공기관이나 시민단체에서 하는 공공사업을 운영하는 비용과 자원은 어디서 나올까요? 당연히 대부분 민간 부문, 즉 기업과 개인이 벌어들이는 수익에 의존합니다. 대부분의 공공기관과 시민단체는 직접 수익을 창출하는 구조가 아니기 때문입니다. 따라서 '공공'이 아무리 의미 있고 가치 있는 일이라 해도 그 자원은 민간 부문의 노력과 희생을 통해 마련된 것임을 잊지 말아야 하고, 이 자원을 사용하는 주체는 자원을 바르고 투명하게 사용하도록 힘써야 합니다.

아이러니한 것은 수익 창출을 담당하는 민간 기업, 특히 재벌 대기업에 대한 우리 사회의 편견입니다. 공공의 유익과 혜택은 당연하게 여기면서, 정작 거기 드는 비용과 자원을 제공하는 민간 기업에 대한 우리나라 사람들의 인식은 늘 싸늘합니다. 특히 재벌은 드라마와 뉴스의 단골 소재이고, 하나같이 욕심 많고 비윤리적인 사람들로 그려집니다. 재벌뿐 아니라 드라마와 뉴스 속 기업들은 탈세를 밥 먹듯이 하고, 노동자를 착취하는 사람이 오너로 그려지기 일쑤입니다.

개인이나 국가가 생존을 위해서는 수익을 창출하는 구조가 있어야 합니다. 현명한 사회, 올바른 정부는 민간 기업들의 수익 창출을 최대한 지원하려 노력합니다. 민간이 수익을 내야 공공을 위해 사용할 자원 확보도 가능해지기 때문입니다.

이건희 전 삼성그룹 회장이 별세했을 때 상속세율이 무려 60퍼센트가 넘었습니다. 기업의 대를 이어 축적한 재산을 국가에 헌납하라는 얘기나 마찬가집니다. 노동자들의 피땀 어린 노력과 정부의 지원에도 전 세계에서 수많은 기업이 제대로 서지도 못한 채 사라집니다. 이런 정글 같은 시장에서 오늘날 굴지의 대기업집단을 일궈 낸 오너 경영자의 노력과 희생과 예지를 무시해서는 안 됩니다. 과중한 상속세로 기업의 소유가 다른 사람, 심지어 국가로 옮겨 가도 그 기업이 계속해서 동일한 성과와 일자리를 보장할 수 있겠는지, 미국이나 유럽의 선진국들은 기업 오너의 상속 문제를 어떻게 해결하고 있는지, 많은 벤치마킹과 고민이 필요합니다. 이런! 60년 넘게 살아오며 재벌 얼굴 한번 본 적이 없는데 재벌의 생존을 걱정하다니, 웬 오지랖인지! 아무튼 우리 세대를 이어 우리의 자녀들이 살아갈 세상이고, 세상에서 모두가 함께 잘 살아가기 위해서는 능력 있는 사람들이 열심히 능력 발휘를 할 수 있도록 여건을 만들어 주는 것이 마땅하지 않을까요? 김연경이나 손흥민 같은 걸출한 능력자는 스포츠에만 필요한 게 아닙니다. 능력이 탁월한 기업이나 조직은 그에 합당한 인정과 대우를 해 주는 세상이 되면 좋겠습니다.

30년 넘게 조직에 몸담고 사회생활을 해 오며 늘 갈등하는 것이, 직원들의 복지와 삶의 질(이를테면 정시 퇴근, 급여와 승진 같은 적정한 보상)과 조직의 목표를 어떻게 조화시킬 것인가 하는 문제입니다. 조직이 목표하는 바를 이루기 위해 주어진 시간과 인력, 예산은 언제나 빠듯합니다. 여기에 안팎의 규제와 예측 불가능한 리스크까지 더해지면 자원이 넉넉할 때가 없습니다. 이런 여건에서는 누구라도 할 수 있는 '적당한' 노력으로 성과를 내기란 불가능에 가깝습니다. 어쩔 수 없이 많은 직원이 근무시간 외에도 일하고 자기가 맡은 이외의 영역까지 공부하면서 뛰어다녀야 합니다. 겉으로 보이는 성과 뒤에는 이처럼 보이지 않는 구성원들의 희생이 있게 마련이고, 노력이 성과를 거둘 때 조직과 개인은 성장 발전합니다.

그러나 노력한 당사자들 모두에게 만족할 만한 보상을 주지 못하는 것도 늘 고민입니다. 보상에 대한 개인들이 주관적 기대가 높은 데 비해 보상에 필요한 재원은 한정되어 있기 때문입니다. 보상을 차별화하면 적게 받는 사람이 불만을 품고, 모두에게 균등하게 배분하면 도리어 더 열심히 일한 사람의 사기를 꺾을 수 있습니다.

이처럼 한정된 자원을 어떻게 효율적으로(efficiently), 그러면서 효용(utility) 있게 쓸 것인가를 모든 조직이 고민합니다. 하물며 민간 부문의 수익을 자원으로 하여 운영되는 공공 영역이라면 더더욱 효용을 고민해야 합니다. 그런데 효용은 아주 까다로운 문제입니다. 기준에 따라 수요와 필요도가 달라서 늘 이해관계가 대립하기 때문입니다.

3년 동안 국립장애인도서관장을 맡으며 장애인 정보복지 예산을 어떻게 분배할지 고민했습니다. 장애인도서관은 디지털 시대에 더욱 격차가 커지고 있는 장애인들의 정보 접근성 문제를 해결하기 위해 세워졌습니다. 직원 약 20명에 예산은 과거 수년 동안 50억 원을 넘지 못하다가 최근에야 겨우 100억 원대가 되었습니다. 장애인 체육복지 예산이 연간 1천억 원 넘는 것에 비하면 하늘과 땅 차이입니다.

정보복지 정책이 어려운 이유 중 하나가 시각, 청각, 발달장애 등 장애 유형별로, 그리고 장애의 정도에 따라 정보에 접근하는 방식이 다르고 텍스트의 형식이 달라져 표준화 등 일률적인 정책으로 접근하기 어렵기 때문입니다. 일례로 현재 국립장애인도서관에서 소장하고 있는 자료의 90퍼센트는 전맹(全盲) 시각장애인을 위한 것입니다. 인간의 정보 수용 관문으로 시각의 비중이 막대한 만큼 시각장애인이 정보 접근성에서 가장 취약하다는 점에서는 자연스러운 비율처럼 보입니다. 반면 청각장애인들은 눈으로 보고 글자를 읽을 수 있다는 이유만으로 정보 접근성에 문제가 없는 것으로 간주되어 정책과 예산상 고려 대상에서 늘 후순위가 됩니다. 하지만 막상 현실을 보면 청각장애인의 정보 접근성 문제가 생각보다 훨씬 심각합니다. 서울농아학교에만 해도 매년 대학에 진학하는 졸업생이 열 명 안팎에 그치고, 청각장애인 전체의 대학졸업률도 다른 장애 유형에 비해 현저하게 낮습니다. 이는 청각장애인의 정보 접근성이 시각장애인보다 더 취약하다는 것을 나타내는 데이터입니다. 이유는, '글자'를 읽는 것과 '텍스트'

를 이해하는 것은 별개의 문제이기 때문입니다. 말하고 들으며 생활하지 않는 청각장애인들에게는 한글이나 외국어나 다를 바 없습니다. 그래서 청각장애인들은 정보에 대한 '적극적 수요' 자체가 발생하기 어려운데, 예산이란 일차적으로 '수요 대비 공급' 원칙에 따라 배정되니 청각장애인 예산이 턱없이 낮을 수밖에 없습니다. 자체 수요가 적극적으로 발생하기 어려운 구조여서 예산 등 확보가 갈수록 열악해지기는 발달장애인도 마찬가지입니다.

바로 이 지점이 공공의 역할이 필요한 지점입니다. 스스로 수요를 창출하지 못하는 부분까지 고려할 책임이 공공 영역에는 있습니다. 물론 말처럼 쉬운 일은 아닙니다. 요구하는 곳은 언제나 많은 데 비해 재원은 늘 한정되어 있다 보니 공공 정책도 민간의 수요-공급 메커니즘과 마찬가지로 적극적 수요에 집중하기 쉬운 구조가 되기 쉽기 때문입니다. 그러나 공공의 효용 기준은 일반 민간 영역과는 좀 달라야 합니다. 당장의 이익이나 생산성이 없고 당사자들이 요구조차 할 수 없는 영역까지도 공공은 고려해야 합니다. 그러나 공무원들은 당장의 강한 수요에 집중할 수밖에 없습니다. 그러지 않으면 민원이 증가하고, 적극 수요층이 국회와 언론 등을 움직여 반발하기 때문입니다. 그럼에도 공공은 단순히 수요 대비 공급의 논리로만 일해선 안 됩니다. 다소간의 민원을 무릅쓰고 사회 전반에서 정말로 취약한 영역을 다각도로 파악하고, 나름의 논리와 근거를 가지고 의사결정을 해야 합니다. 스스로 수익을 내지 못함에도 불구하고 공공 영역이 많은 예산과 권한을 부여받은 이유가 여기 있습니다.

대통령이 목숨까지 걸어야 하나

추석 특집방송으로 나훈아 씨 특별공연을 내보내 준 게 2020년 가을의 일입니다. 공연 중간에 나훈아 씨가 한 말 때문에 공연 후 방송과 SNS가 난리가 났습니다.

"왕이나 대통령이 국민 때문에 목숨을 걸었다는 사람은 한 사람도 본 적이 없다."

사람들은 가왕(歌王)의 노래보다도 그가 한 한마디 말에 더 열광했습니다. 뭐 대단할 것도 없어 보이는 말에 그만큼 반응하는 걸 보면 마음속에 쌓인 것들이 많은 모양입니다.

나훈아 씨는 아마, 요즘 사람들이 얼마나 힘들고 어려운지 아냐고 대통령과 정권을 잡은 사람들에게 대신 묻고 싶었던 것 같습니다. 집값은 천정부지로 올라가고(그 뒤 1년 동안 훨씬 더 올랐지만요), 실업자는 늘어나고, 안 그래도 살아가기 막막한데 코로나 바이러스까지 덮쳐 속 시원히 불평도 하지 못하는 상황이기 때문입니다.

하지만 국민과의 소통을 강조는 정부는 하필 그 추석날, 광화문광장에 빼곡하게 버스들을 세워 거대한 성곽을 만들었습니다. "언제든 광화문광장으로 나와 퇴근길에는 시장에 들러 마주치는 시민들과 격의 없는 대화를 나누겠다. 때로는 광화문광장에서 대토론회를 열겠다"고 취임사에서 약속한 대통령인데 말입니다. 그런 상황에서 한 가수가 "국민을 위해 목숨 건 대통령을 본 적 없다"고 한탄하는 말에 사람들이 더 공감했나 봅니다.

그런데, 대통령은 국민을 위해 '목숨'을 걸어야 하는 건가요? 나훈아 씨의 말에는 우리 사회의 문제들의 주된 책임이 대통령에게 있다는 전제가 들어 있습니다. 하지만 도대체 국민은 무슨 자격으로 대통령에게 목숨을 내놓으라고까지 요구할 수 있는 걸까요? 대통령을 위해 국민이 한 일이라곤 투표한 것밖에 없고, 그것도 국민의 60퍼센트는 그를 지지하지 않았는데 말입니다. '국민을 위해 목숨을 거는 대통령'이라는 말이 언뜻 멋있고 비장하게 들리기도 하고, 혹시 이런 대통령이 정말 있다면 그보다 더 감사할 일은 없겠지만, 이런 요구가 당연한 건 아닌 것 같습니다.

누군가를 위해 대신 죽는다는 건 부모 자식 간에도 기대해서는 안 되는 일입니다. 대통령도 밥 먹고 잠자고 화장실 가고, 대부분은 가정을 이루고 자녀도 키우는, 우리와 같은 사람일 뿐입니다. 정치인이라는 직업상 선거에서 이기면 국민으로부터 권력을 위임받아 헌법과 법률에 규정된 권한과 책임을 행사하는 사람에 불과합니다. 그 권력과 권한·책임조차 임기 동안에만 실효성이 있습니다. 임기중에 헌법과 법률이 규정한 만큼만 직무에 충실하면 되는 사람에게 가장 먼저 필요한 것은 국민을 위해 목숨을 거는 것이 아니라, 헌법과 법률이 규정하는 직무 범위를 정확하게 이해하고, 자신의 권한과 책임의 한계를 분명히 인지하고 지키는 일입니다. 우리나라 전직 대통령들의 하나같이 비극적인 종말은 대통령에 대한 우리의 과도한 기대 때문일지도 모릅니다.

사실 대통령이 광장에 나와 수시로 사람들과 만나는 것도 좋은 것만은 아닙니다. 광장에서 불특정다수의 사람들을 만나는 일보다, 정부 자리마다 그 분야 전문가들을 적절히 배치하고 그들이 소신껏 일하도록 그들의 힘과 배경이 되어 주는 일이 더 필요합니다. 수행원들을 대동하고 시장에 나가 국밥 한 그릇 먹고 경호를 이유로 시장 사람들한테 민폐 끼치느니, 그 시간에 재래시장 활성화를 위해 어떤 정책을 누구에게 맡겨 시행할지 고민해야 합니다. 걸핏하면 국민을 약자와 강자로 편을 가르고 약자를 위한다는 명분으로 누군가를 '타도해야 할 강자'로 만드는 짓은 더욱 하지 말았으면 좋겠습니다. 심판과 징벌의 기준은 오로지 법이고, 사법부에 의한 처벌의 대상은 강자가 아니라 범법자니까요. 그리고 남에게 직접 해를 끼치는 게 아닌데도 국민의 표현의 자유와 집회·결사의 자유를 제한하는 일은 헌법의 정신을 따르지 않겠다는 뜻입니다. 그리고 국가경제를 성장시키고 일자리 창출에 기여하는 기업들이 사유재산을 지키려고 굳이 편법을 쓰지 않아도 될 정도까지만 합리적인 규제를 했으면 좋겠습니다. 지키지 못할 취임사 공약보다, "헌법을 준수하고 국가를 보위"한다고 헌법이 정한 선서에 충실한 대통령이면 좋겠습니다. 약육강식의 국제사회에서 대한민국의 권위와 품격을 대표할 수 있고, 자신과 정파의 이익보다 국가의 이익을 먼저 생각하고, 친구가 될 나라와 적이 될 나라를 구분하는 지혜가 있고, 국가를 위해 헌신하고 있는 군인과 경찰을 존중하며, 나라를 위해 희생한 사람들을 진심으로 우대하는 사람이 대통령이 된다면 나는 그를 평생 존경하겠습니다. 좀 더 바란다면 국가의 미래를 위해 필요한 일이라면 사람들의 일시적 비난과 환호에 연연

하지 않는 사람, 더 나아가서 국민을 설득하고 이해시킬 수 있는 논리력과 지혜를 가진 사람, 그리고 태극기와 애국가를 늘 자랑스럽게 여기는 사람이 대통령이 되면 나는 그를 정말 좋은 대통령이라고 내내 자랑하고 다닐 것 같습니다.

한참 나열해 놓고 보니, 국민을 위해 목숨을 걸라는 말이나 다름없는 것 같기도 하네요.

낭만닥터 김사부가 국회로 간다면

혐오의 시대다.
보수와 진보, 금수저와 흙수저, 갑과 을, 주류와 비주류,
심지어 남자와 여자에 이르기까지,
모든 것이 이분법으로 나뉘고 양쪽의 대립은
극한의 혐오로 바뀌고 있다.

각자 존재의 다양성은 무시된 채
오로지 니 편과 내 편으로만 나눠 서로를 비방하고 비하하고 공격한다.
인간에 대한 '존중'이 사라지고 그 자리에 '혐오'만 남았다.
다시 한 번 따뜻한 격려와 위로가 필요한 이유다.
―드라마 〈낭만닥터 김사부 2〉 개요 중에서

〈낭만닥터 김사부〉는 개인적으로 참 좋아하는 드라마입니다. '김사부'는 환자를 그의 배경이나 자격으로 판단하지 않고, 설사 살인을 저지른 범죄자라 할지라도 마땅히 살아갈 가치가 있는 존재로 대하며 최선을 다해 치료하는 슈퍼파워 의사입니다. 의술만 뛰어난 게 아니라 병원에서 일하는 철없는 의사들을 진정한 의사로 성장시키고, 그들의 오만 가지 개인사를 해결해 주기도 합니다. 자신의 출세나 이익을 위해서는 나서지 않지만 위기에 처한 병원을 구하기 위해 자신이 할 수 있는 모든 역량을 쏟아붓고, 자신이 가진 인적 네트워크를 활용하고 권력도 동원하는 등, 의술과 의리에다 정치력까지 갖춘 능력자입니다. 드라마 기획자는 지금 우리가 사는 시대를 "가치가 죽어 가는 시대, 천박한 아름다움이 넘치는 세상"이라고 표현합니다. 그는 아마도 이 천박한 세상을 구원해 줄 '낭만닥터 김사부'가 나타나기를 바라는 기대와 희망을 대신 이야기하고 싶었나 봅니다.

드라마의 기본 설정은 시골 병원 의사들과 서울 본원 의사들 간의 갈등 구조입니다. '김사부'와 그를 따르는 시골 병원 의사와 간호사들은 명예나 돈보다 오로지 사람의 생명을 살리는 일에 헌신하는 사람들로 묘사됩니다. 반면에 서울 본원의 원장과 그에게 충성하는 똘마니 의사들은 돈과 명예를 위해 서슴없이 거짓과 타협하고, 이익을 위해 수단과 방법을 가리지 않는 사람들로 묘사합니다.

드라마의 배경은 병원이지만, 그곳에서 벌어지는 갈등과 암투는 우리가 사는 세상과 비슷합니다. 우리가 사는 세상도 걸핏하면 내 편, 네 편으로 갈려 내 편이 이기기 위해 상대방을 비방하고 공격하는 게 일상화되어 있습니다. 사실 인류 역사를 돌아봐도 사람들이 분열하지 않은 때란 없었고, 어찌 보면 분열과 갈등 덕분에 인류 역사는 발전해 왔는지도 모릅니다. 아무튼 이분법으로 분열하고 대립하고 갈등하는 세상을 꼬집기 위해 드라마 역시 그 이분법에 충실합니다.

'김사부'는 범접할 수 없는 경지의 사람입니다. 자신의 영역에서 타고난 재능과 남다른 능력을 보유하고 있을 뿐만 아니라, 인간성까지도 성인의 반열에 오를 만해서 솔직히 저 같은 보통 사람에게는 부담스럽기도 합니다. 현실에서 김사부 같은 사람이 되려면 타고난 재능은 기본이고, 거기 더해 보통 사람은 상상도 못 할 그야말로 피나는 노력을 해야 할 겁니다.

드라마에서 '김사부'는 타고난 의술을 가진 사람처럼 보이지만 수시로 수술실에서 쪽잠을 자고, 응급실에 실려 오는 환자들을 직접 돌보고, 때로는 자기 의료 경력에 해가 될지도 모르는 위험한 수술도 마다하지 않습니다. 이런 '김사부'의 헌신과 대조적으로, 그보다 실력은 없으면서 욕심만 가득한 서울 본원의 좀 모자라 보이는 의사들이 더 현실적으로 보이기도 합니다. 현실에서 저처럼 평범한 사람들은 '김사부'처럼 타고난 재능도 없고, 지식과 경험을 쌓기 위해 나름대로 노력은 하지만 그처럼 주어진 사명을 위해 자신의 안일은 젖혀 두고 모든 것을 내던지지는 않습니다. 사람들은 대체로 어려운 사람에 대해 연민의 마음만 가질 뿐, 그 어려운 사람을 위해 자신의 것을 내놓지는 못합니다. 지금 사는 세상이 살기 어려운 건 김사부 같은 사람이 없기 때문 아닐까도 생각합니다.

뜬금없이, '김사부'를 국회로 보내면 어떨까 하는 생각을 해 봅니다. 우리나라에서 '김사부'가 정작 필요한 곳은 병원보다 여의도 국회일 것 같아서입니다.

국회는 좋은 세상을 만들겠다고 호언장담한 사람들이 모여 있는 곳입니다. 국회의원들은 안으로 경제·재정·복지·교육, 밖으로 외교와 국방까지, 온갖 분야에서 나름의 전문지식을 가진 사람들입니다. 그런데 짧은 '어공' 생활 동안 국회를 여러 번 가보았지만, 탁월한 '능력'과 국가를 위해 헌신하는 '열정'을 겸비한 듯해 보이는 의원은 찾아보기 힘들었습니다. 의사당 안팎에서 당과 지역구와 자신을 위한 싸움은 잘하는데, 정작 국가와 국민을 위한 '정치'를 하는 사람은 잘 보이지 않았습니다.

가정이나 조그만 조직을 제대로 운영하려 해도 고려해야 할 일이 많은데, 인구 5천만 명이 넘는 국가를 운영하는 일이 아무나 할 수 있는 일은 아닐 것입니다. 그리고 정치는 어느 정도 싸움이 불가피한 영역입니다. 정치이념과 철학이 다른데도 싸움이 없다면 생각이 없거나 제대로 일을 하지 않는다는 뜻일 수도 있습니다.

우파든 좌파든 보수든 진보든, 결국 국가와 국민을 이롭게 하자는 목표는 같을 것 같지만, 디테일로 들어가면 세상을 보는 기준과 접근 방식의 차이가 생각보다 큽니다. 단적으로 우파(보수)는 개인의 자유를 중요하게 생각하는 반면, 좌파(진보)는 공동체를 위해 특정 개인이나 집단의 희생쯤은 당연하다고 생각합니다. 이러한 생각의 차이에 따라 현실에서 정책의 방향과 결과가 매우 다릅니다. 공동체의 목표에

과하게 집중하면 개인의 자유가 희생될 수 있고, 개인의 자유를 지나치게 강조하면 약자들이 소외되고 결국 공동체의 위기를 불러올 수 있기 때문입니다.

정당은 각기 옳다고 믿는 이념과 철학을 국가 운영에 반영하기 위해 정권을 획득하려 경쟁합니다. 어느 진영이 집권하든 여야는 한편으로 상호 보완적이고 다른 한편 서로 견제해야 합니다. "새는 좌우의 날개로 난다"는 말처럼 말입니다.

드라마 기획자의 말처럼 지금은 혐오의 시대이고 모든 것을 이분법으로 나누는 극한 대립의 시대입니다. 지금이야말로 '김사부' 같은 낭만 정치인이 필요한 때인지도 모릅니다. 하긴, '김사부' 같은 사람이 국회에 있다 한들 혼자의 힘만으로는 현실정치의 구조적 프레임과 파워를 이겨 내기는 어렵겠지만요.

그래도 국회에 '김사부' 같은 낭만 정치인 한 사람쯤 있다면 세상이 이렇게 암울하지만은 않을 것 같습니다.

진실은
기록에서 나온다

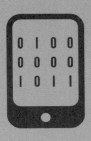

아담의 원죄 이후 삶은 살아 내야 할 무게가 되고

원죄에서 비롯된 죄의 유혹은 대대로 우리 안에 내재하여 전달됩니다.

인간의 망각 기능과 내게 유리한 것만 남기는 왜곡 능력은

그나마 염치불고의 삶을 이어 가게 하지만,

그러나 삶은 곧 흔적이고, 흔적은 기억을 남깁니다.

인간의 불완전한 삶과 시행착오의 흔적들이 기록으로 남겨질 때

그나마 세상은 악순환의 고리를 끊어 낼 수 있게 됩니다.

시체해부법은 있는데 포렌식법은 없다

잠자는 시간 말고는 스마트폰을 비롯한 디지털 기기를 끼고 살아가다시피 하는 시대입니다. 각종 범죄도 디지털에 최적화하며 '업그레이드'되고 있습니다. 디지털 범죄가 무서운 이유는, 디지털은 육안으로 보는 데 익숙한 아날로그 세상과 전혀 다른 모습을 띤다는 데 있습니다. 범죄의 본성은 속이고 숨기는 것이니, 디지털이야말로 범죄의 본성에 딱 어울리는 범죄 환경이 아닐 수 없습니다.

아날로그 시대에도 범죄의 증거를 확보하기 위해 과학적인 수사 기법은 필수였습니다. 디지털 시대에는 과거와 차원이 다른 과학수사 기술과 방법이 요구됩니다. 수사의 첫걸음은 범죄의 '흔적' 찾기입니다. 아날로그 시대에나 디지털 시대에서 모든 범죄는 반드시 흔적을 남기고, 흔적은 곧 '기록'입니다.

기록관리학에서 기록은 곧 '증거'이기도 합니다. 데이터, 정보, 문서, 서류 등이 '기록'이 되고 증거력을 갖추기 위해서는 일정한 요건을 충족해야 하고, 증거는 검증을 통해 언제든 입증될 수 있어야 합니다.

배우 하정우 씨가 변호사로 나온 〈의뢰인〉이라는 영화를 재미있게 봤습니다. 영화는 '시신 없는 살인죄'를 어떻게 처벌할 것인가에 관한 것이었습니다. 정황상 살인의 심증은 가지만 피해자의 시신이 없다는 이유로 무죄가 될 수 있다는 것이 흥미로웠습니다. 영화처럼 우리 현행법도 그런지 모르겠지만, 아무리 흉악한 범죄라도 명백한 증거 없이는 처벌하지 못하도록 한 것은 아마, "백 명의 범인을 놓치는 한이 있더라도 한 명의 무고한 사람을 처벌받게 해선 안 된다(Better one hundred guilty free than one innocent punished)"라는 근대법의 정신 때문이겠지요.

디지털 증거에도 같은 법정신이 적용됩니다. 정황상 아무리 심증이 가더라도 디지털 기기와 그것에 담긴 내용의 '진본성'과 '무결성'이 검증되지 않는 한 이를 증거로 삼아 유죄로 할 수 없습니다. 진본성과 무결성은 어떻게 검증할까요? 디지털 증거는 진본성과 무결성도 디지털 방식으로 하는 게 기본입니다. 다만, 디지털 자료의 검증에는 아날로그 자료보다 훨씬 고도의 전문적인 디지털 방식이 동원됩니다. 아날로그 시대를 대표하는 종이 문건이나 기록은 서명이나 도장, 앞뒤 페이지의 연결이나 필적 같은 물리적 특성을 조사해 검증하지만, 디지털 기록은 검증이 훨씬 까다롭고 어렵습니다.

디지털 자료에서는 0과 1의 조합으로 이루어진 데이터의 '내용'이 있고, 이를 사람이 보거나 읽을 수 있는 그림이나 텍스트 문자로 변환해 주고 기기와 정보 생산자의 속성을 알려주는 '맥락' 정보가 있고, 이런 기술을 작동케 하는 수많은 소프트웨어, 그리고 그 소프트웨어를 탑재한 하드웨어가 '구조'적으로 상호 연계되어 있습니다. 그래서 디지털 자료의 검증은 통상 다음과 같은 요건들이 필요합니다.

첫째, 사람의 육안으로 판단하기 어려운 디지털 내부의 구조를 들여다보고 내용의 진본성·무결성·신뢰성을 판단하고 인증할 별도의 규정과 절차가 필요합니다.

둘째, 디지털 자료의 진위 판단은 권위 있는 기관의 엄격한 기술적 검증과 전문가의 해석으로만 가능합니다.

셋째, 디지털 자료의 증거력을 따질 때는 '내용', '맥락', '구조'를 통합적으로 파악해야 하며, 특히 해당 자료의 생성부터 저장, 보관, 이용까지 전 과정의 '메타데이터(metadata)'[1]를 확인해야 합니다.

이러한 디지털 자료 검증은 당연히 사람의 육안으로는 할 수 없고, '포렌식'이라는 과정을 통해서만 가능합니다. '컴퓨터의 해부학'이라고도 불리는 포렌식에는 매우 전문적이고 까다로운 절차와 기술이 요구됩니다. 피살자나 변사자의 정확한 사인을 밝혀내기 위해 시신 검안과 부검이 필수이듯, 디지털 자료의 신뢰성 있는 분석은 포렌식을 통해서 합니다.

우리나라에서는 휴대폰, 하드디스크, 메모리 카드 등 각종 디지털 증거물의 분석을 국과수나 경찰에서 하지만, 포렌식에 대한 결

---

1 데이터에 관한 구조화된 데이터로서, 관련 정보를 효율적으로 찾거나 활용할 수 있도록 데이터의 주요 내용과 작성 과정, 그리고 저장, 보관, 이용에 관한 정보를 담고 있다.

정 권한은 대검찰청 국가디지털포렌식센터가 주도합니다. 그런데 문제는 포렌식을 수행하는 요건과 절차가 아직 미흡하다는 것입니다. 시신을 검안·부검하고 법의학적 증거물을 확보하는 절차를 위해서는 「시체 해부 및 보존 등에 관한 법률」(시체해부법)이 있는데, 디지털 자료의 포렌식에 관한 법률은 아직 없습니다. 고작 대검찰청 예규로 「국가디지털포렌식센터 운영에 관한 규정」과 「디지털 증거의 수집·분석 및 관리 등에 관한 규정」 정도가 있을 뿐입니다. IT 강국을 자처하는 대한민국이지만 디지털 범죄 수사는 사실상 법망 바깥에 방치되어 있는 꼴입니다. 형사소송법이 '과학적 분석결과에 기초한 디지털포렌식 자료'를 증거로 할 수 있도록 하고 있긴 합니다(313조 2항). 하지만 어떤 경우에 반드시 포렌식을 해야 하는지, 포렌식에 반드시 포함되어야 할 확인 내용은 무엇인지, 포렌식을 할 때는 어떤 절차를 거쳐야 하는지, 어떤 포렌식은 불법이어서 인정될 수 없는지 등등, 수많은 사항들이 법률의 규제 없이 검찰 예규와 관행에 내맡겨진 실정입니다.

디지털에 관한 한 우리 법은 이렇게 일반 국민들이 현재 처한 상황을 제대로 따라가지 못하고 있습니다. 탄핵사태 당시 '스모킹 건' 역할을 한 최순실 씨의 태블릿 PC에 대한 검증이 시간만 끌다 흐지부지된 것도 어쩌면 시대에 뒤진 아날로그 법체계 때문일 겁니다.

하루빨리 디지털 정보의 진본성과 무결성을 확보하기 위한 원칙과 기준을 법률로 마련해야 합니다. 결국 법무부와 국회 책임입니다.

탈원전과 원전 기록

—'산자부 신내림' 사건을 기억하시나요?

2019년 가동이 영구 중단된 월성원전 1호기와 관련, 그해 말 감사원이 산업통상자원부(산자부)를 감사하려 할 때 일입니다. 관련 정보가 담긴 산자부 PC를 감사원이 확보하기 전날 밤, 산자부 공무원이 PC에 든 문건 444개를 삭제했습니다. 이 공무원은 검찰과 감사원 조사에서 "감사 정보를 미리 들은 적이 없다. 나도 내가 신내림을 받은 것 같았다"고 진술했다고 합니다.[2]

이 기사가 눈에 확 들어온 이유는, 제가 반평생을 원전 설계 회사에서 일했기 때문입니다. 도저히 일어날 수 없는 일이, 그것도 정부 기관에서 일어났다는 사실은 원전 관련 기록의 관리를 30년 넘게 담당한 사람으로서 엄청난 충격이었습니다. 제가 알고 있는 한 원자력발전 분야에서 기록은 사활이 걸린 것이기 때문입니다.

1982년 12월, 대학 졸업식도 하기 전에 취업한 '한국전력기술주식회사'(한전기술)는 저의 첫 직장이면서 인생의 중요한 사건들을 겪은, 마음의 고향과도 같은 곳입니다. 그곳에서 보낸 34년은 결코 평탄치 않았지만, 그때 경험하고 배운 지식은 제가 사람과 조직, 그리고 사회를 바라보는 관점과 방식에 적지 않은 영향을 주었습니다.

---

2 "감사 전날밤 원전파일 삭제… 공무원, 윗선 묻자 '신내림 받았나봐'", 조선일보 2020. 12. 2.

한전기술은 우리나라 원자력발전 설계 기술 자립을 위해 박정희 대통령 때인 1975년 설립된 공기업입니다. 이렇다 할 부존자원이 없는 우리나라에서는 원자력이 그나마 저렴한 비용으로 에너지를 공급할 수 있는 사실상 유일한 방법이었지만, 원자력이란 게 고도의 기술력을 필요로 하는 분야이다 보니 당시 정부는 원전 건설 자체도 난제지만 지었다 한들 그것을 운영할 기술력을 어떻게 확보할 것인가도 고민해야 했습니다. 결국 발전소 건설은 해외 선진국에 발주하면서 분야마다 우리나라 인력 투입을 계약 조건으로 넣었는데, 이는 미래에는 독자적인 원전 설계와 운영 기술을 확보하겠다는 당시 정부의 커다란 밑그림이 있었기 때문입니다.

　처음 회사에 입사해 수행한 일이, 외국에서 온 이상한 종이 뭉치들을 정리하는 일이었습니다. 종이 뭉치들은 대부분 고무줄로 대충 둘둘 묶여 있거나 바인더에 대충 끼워져, 역시 허둥지둥 급히 포장한 것처럼 커다란 박스 속에 대충 담겨 왔는데, 얼핏 봐선 영락없는 폐지 더미였습니다. 명색이 '정보관리' 담당인데 때로는 표지나 목차도 없이 내용 일부만 복사된 불량한 상태의 자료들을 정리하는 일이 마뜩잖았지만, 그 일을 꽤 오랫동안 해야 했습니다.

　하지만 겉만 보고 판단하지 말아야 할 것은 사람에게만 해당하는 말이 아닙니다. 그 볼품없는 자료들의 가치는 고급 용지에 호사스럽게 장정된 어떤 비싼 책들보다 컸습니다. 일반적으로 자료의 가치는 자료에 담긴 내용의 중요도와 활용성, 그리고 입수 과정에 투입된 비용에 의해 정해집니다. 그 허름한 폐지들은 각종 설계지침서와 매뉴얼 등 원전 설계의 핵심 기술을 담고 있는 자료였습니다. 거기에는 당시 미국 회사에 파견되어 있던 엔지니어들의 희생과 헌신이 담겨 있었습니다. 미국 설계회사에 파견 인력으로 간 엔지니어들이 만약에 적발될 경우 즉시 추방될 위험을 감수해 가며 매일같이 자료를 복사해 보내는데, 근무시간 중에는 할 수 없다 보니 미국 직원들이 퇴근한 후 밤새 복사기를 돌렸다고 합니다. 물론 50년 전 당시는 국제 지식재산권 문제가 지금처럼 이슈가 되는 시절이 아니었기에 가능했던 일인지도 모릅니다. 어쨌든 이 자료들은 회사가 기술 자립을 할 때까지 엔지니어들에게 거의 바이블 같은 역할을 했고, 나중에 기술 자립을 이룬 후에도 가끔 찾는 사람들이 있을 정도로 중요한 것들이었습니다. 그 자료들 때문에 웃지 못할 해프닝도 가끔 벌어지곤 했는데, 미국 회사에서 사람들이라도 올라치면 저희는 비상사태라도 벌어진 것처럼 부랴부랴 그 자료들을 수거해 서고에 집어넣고 문을 잠가야 했습니다.

그렇게 초라하게 시작된 한전기술이 30년도 안 되어 세계적인 원전 설계 기술 회사가 되었고, 우리나라 고유의 '한국형 표준 원전' 설계 기술까지 확보해 놓았다는 것은 참으로 대단한 성과입니다.

산업사회는 물론 다가오는 4차 산업혁명 시대에도 기술력이 곧 자산이고 돈입니다. 더구나 한국처럼 자원이 빈약한 나라에서 기술력은 더욱 중요한 가치를 가집니다. 황무지에서 기술을 확보하고 더구나 우리나라 상황에 맞는 최적의 기술로 발전시킨 일은 누구나 해낼 수 있는 일이 아닙니다. 탁월한 리더십과 명석하고 헌신적인 사람들이 함께 공동의 목표 아래 많은 시간을 달려가야 가능한 일입니다. 그 과정에서 한전기술의 초창기 엔지니어들은 기꺼이 위험을 감수했고, 때로는 모욕감과 자괴감을 누르며 자신들의 시간과 에너지를 투자했습니다. 고가의 기술이전료를 지불할 수만 있었다면야 그런 식으로 자료를 빼내는 일까지 하지 않아도 되었겠지만, 당시만 해도 가난한 나라였고 지금과 같은 세계 10대 경제대국은 꿈도 꾸지 못하던 때였으니까요.

나중에 안 사실이지만, 초창기 우리나라 원전을 설계한 그 미국 회사도 그런 상황을 어느 정도는 인지하고 있었고, 알면서도 대충 봐주고 넘어갔다고 합니다. 살짝 허탈하기도 하지만, 애국심으로 무장한 그 엔지니어들과 함께 일할 수 있었던 것은 개인적으로 감사한 일이고, 지금도 자부심으로 남아 있습니다. 아무튼 회사는 그렇게 차근차근 성장했고, 나중에는 오히려 우리 기술이 유출될까 봐 걱정하는 상황이 되었습니다.

회사를 떠나기 전까지 집중적으로 고민했던 일은, 외부 기관에 대한 기술 교육이나 내부 자료 유출로 우리 기술이 흘러나가는 것을 어떻게 막을 것인가였습니다. 실제로 엔지니어 한 사람이 무심코 회사 자료를 이메일로 주고받다가 국정원에까지 보고되어 문제가 되기도 했습니다. 그만큼 우리의 원전 기술은 세계적인 수준이 되었고 그에 따라 많은 부가가치를 창출할 수 있게 되었습니다. 이명박 대통령 시절 UAE 원전 설계사업 수주를 통해 우리나라가 획득한 이득은 자동차 수십만 대를 수출하는 것과 같은 수준이라고 할 정도로 원전은 수익성이 높은 분야입니다.

이처럼 큰 수익을 내는 우리나라 원전 기술에 밑거름이 된 것은 30

년 넘는 세월 동안 기술자들의 헌신이 담긴 '기록'입니다. 그런데 이처럼 유용한 정보자원이 되는 기록이 때로 사람의 발목을 잡기도 합니다.

박근혜 정부 시절, '원전 마피아' 문제가 터지면서 한전기술이 방송에 오르내리고 사람들의 질타를 받은 적이 있습니다. 그때 원전 비리 사건의 결정적인 증거가 된 것 역시 '기록'이었습니다. 하도급 업체가 설계 기록의 데이터를 조작한 것이 밝혀지면서, 이 문제를 제대로 인지하지 못했던 엔지니어가 구속되는 사태에까지 이르렀습니다. 그때까지 뉴스에서나 봤던 검찰 관계자들이 사무실로 들어와 파란색 박스에 자료들을 쓸어 담아 가는 것을 현장에서 지켜본 기억이 지금도 생생합니다.

그렇게 영욕을 겪으면서 우리나라 원전 기술은 발전해 왔습니다. 그런데 2017년에 새로운 정부가 들어서더니 느닷없이 원자력발전소를 더 이상 짓지 않겠다고 하고, 가동되던 발전소까지 갑자기 정지시키겠다는 뉴스를 접하면서 설마 설마 했습니다. 왜냐하면 수출을 통한 수익 창출은 둘째 치더라도, 국가의 에너지 수급 정책이란 것이 그렇게 며칠, 몇 달 사이에 뚝딱 만들어질 수 없다는 것이 상식이기 때문입니다. 원전을 포기한다면 다른 대안은 무엇인지, 그리고 과연 그 대안이라고 하는 것이 경제성, 지속성, 효율성 그리고 환경과 안전성 차원에서 원자력보다 우수하다는 확증이 된 다음에야 가능할 것이기 때문에 그렇게 쉽게 결정되지는 않을 것으로 생각했습니다. 그러나 몇 개월 사이에 원전 중단이 결정되고, 경제성이나 환경 측면에서 원전보다 낫다고 검증도 되지 않은 태양광발전 시설이 여기저기 설치되고 있다는 뉴스를 보면서 어안이 벙벙했습니다. 당시는 이미 회사를 떠난 뒤였고 기술 분야 전문가도 아니지만, '우리나라에 원전 전문가들이 얼마나 많고 산업부에 똑똑한 공무원들이 얼마나 많은데' 하며 당연히 그들이 잘 알아서 할 것이라 생각했습니다.

그러나 결국 정부는 그 설마 했던 일을 실행에 옮겼습니다. 더욱 놀라운 것은 탈원전이 너무나 빨리, 쉽게 결정되었다는 것이었습니다. 오랫동안 기업에서 일하면서 정부와 공무원들에게 가졌던 불만은 늘 의사결정이 너무 느리다는 것이었습니다. 개인적으로 경험한 공무원 조직은 한 가지 사안을 놓고도 관련 있는 모든 분야에서 검토합니다. 누군가 이의 제기라도 하면 처음부터 다시 검토하고, 각 분야의 전문가들로 구성된 위원회와 공청회를 열어 일반 국민의 의견을 듣고, 수개월 동안 언론 보도를 통해 국민들의 여론을 살핍니다. 그러고도 할까 말까를 고민하는 것이 제가 알던 정부 시스템이고 공무원들의 관행입니다. 그런 정부 부처, 공무원들이 탈원전은 그렇게 빨리 의사결정을 내리고, 결과가 뻔히 보이는 일을 얼렁뚱땅 처리할 수도 있었다는 것이 믿기지 않을 정도로 충격이었습니다.

'왜, 무엇을 위해, 그리고 도대체 무슨 큰 그림이 있기에 그렇게 무리수를 두어 가며 일을 진행할까…. 지금 한전 빚이 몇조 원이라는 말도 들리고, 원전 기술자들이 중국 등 해외로 빠져나가고 있다는 말도 들리는데, 30여 년 전 추방의 위험을 무릅쓰고 가난한 나라의 기술자로서 애국심으로 자괴감을 눌러 가며 밤이 새도록 자료를 복사해 고국으로 보내던 회사 선배들은 지금 무슨 생각을 하고 있을까…. 그리

고 우리나라는 앞으로 어찌될까…'

'신내림' 기사가 나온 2020년 12월도 제 오지랖은 쓸데없는 세상 걱정으로 우울했습니다.

혁신은 아카이브로부터

2016년 6월 중국 텐진에서 열린 세계경제포럼(The World Economic Forum, WEF), 일명 '하계 다보스 포럼'의 핵심 주제는 4차 산업혁명이었습니다. 모든 산업 분야가 디지털과 융합되면서 인류 역사상 경험하지 못했던 새로운 시대가 도래할 것이라는 내용입니다.

산업혁명은 증기기관에 이어 전기 동력에 의한 대량생산을 거쳐 컴퓨터 자동화 시대를 열었고, 인류사에 적지 않은 변화와 혁신을 가져왔습니다. 그리고 이제 4차 산업혁명은 막대한 양의 빅데이터를 기반으로 패턴 분석과 예측을 가능하게 하고 사물과 사람, 사물과 사물이 연결되는 본격적인 '사물 인터넷'과 '인공지능'의 시대를 예고하고 있습니다.

특히 2016년 바둑 천재 이세돌을 이기면서 세상을 떠들썩하게 한 인공지능 프로그램 알파고는 우리에게 적지 않은 충격을 주었습니다. 알파고는 구글의 '딥마인드'라는 회사가 개발했는데, 엄청나게 많은 바둑판 승부에 담긴 경우의 수를 빅데이터로 탑재한 인공지능 프로그램입니다. 이세돌과 5번의 대국에서 4승 1패로 승리했으나, 이듬해

업그레이드된 알파고 2.0은 세계 랭킹 1위 프로 기사인 중국의 커제와의 3번기를 모두 승리했습니다. 커제는 분개의 눈물을 흘렸고, 한국기원에서는 알파고가 바둑의 '입신(入神)' 경지에 올랐다고 평가했습니다.

알파고의 능력은 수많은 데이터를 축적하고 그 축적된 데이터를 토대로 판단하는 '딥러닝' 기술에 의해 만들어집니다. 즉, 알파고는 축적의 산물입니다. 축적은 다른 말로 '아카이브'입니다. 아카이브는 수집하고 모아서 저장, 보존하는 정보 개체 혹은 그 저장소를 의미합니다. 디지털 시대에 아카이브는 막대한 부가가치를 생산하는 기반이 됩니다. 구글, 네이버 등 세계 굴지의 인터넷 포털 기업들은 디지털 아카이빙에 기반해 엄청난 부가가치를 창출하고 있습니다. 오늘날 축적 역량, 즉 아카이빙 역량이 이들 기업의 핵심 가치가 되는 이유이기도 합니다.

아득한 옛날 구석기 시대 알타미라 동굴에서부터 파피루스와 종이 시대를 거쳐 오늘날의 디지털 시대에 이르기까지, 인류는 생각과 경험을 남기기 위해 끊임없이 기록하고 축적해 왔습니다. 그렇게 축적된 기록은 개인과 집단의 기억이 되어 한 시대의 정신과 문화를 만들고, 새로운 창조 자원이 되어 인류가 위기를 극복하고 문명을 발전시킬 지혜를 제공해 왔습니다. 예를 들어 기독교의 교리는 수천 년 동안의 기록, 즉 성경의 기반 위에 세워져 오늘에까지 이르고, 바흐와 모차르트, 쇼팽의 음악은 악보라는 기록을 통해 그 시대와 다름없는 감흥으로 우리를 감동시킵니다. 돌기둥에 새겨진 함무라비 법전은 고대 사회의 가치관을 알려주고, 수천 년 전에 살았던 그들이 현대의 우리와 크게 다르지 않음을 가르쳐 줍니다. 인류의 새로운 역사는 언제나 기록 매체의 혁신으로부터 시작되었다고 해도 과언이 아닙니다. 기록 매체가 돌이나 쇠붙이에서 파피루스와 양피지로, 다시 종이로 변화하면서 인간의 지식 축적과 활용 능력이 발전하였고, 이를 기반으로 르네상스와 종교개혁, 그리고 산업혁명이 가능했습니다.

해 아래 새것은 없듯이 인간의 창조는 결국 지나온 경험을 토대로 이루어집니다. 우리나라는 세계 어느 나라보다도 드라마틱한 발전을 이루어 낸 소중한 경험을 가지고 있습니다. 이제 우리 앞에는 새로운 디지털 기반의 빅데이터 시대가 열리고 있습니다. 기록으로 남은 우리의 경험이 새 시대를 위한 자원 노릇을 톡톡히 할 수 있도록 지혜를 모아야 할 것입니다.

축적이 중요한 또 다른 이유가 있습니다. 요즘같이 이해관계가 복잡하고 협업이 보편화된 사회에서는 각자 수행한 일의 '정당성' 확보 여부가 개인과 조직의 사활을 좌우할 수 있습니다. 모든 사건, 사고의 주체는 자신이 행한 일과 결정에 관해 설명할 책임이 있습니다. 정당성 확보는 자신이 이행한 일의 과정을 투명하게 남겨서 언제든 근거로 제시할 수 있을 때 가능합니다. 잊을 만하면 반복되곤 하는 인재(人災)에 의한 사고는 불투명한 의사결정 과정과 모호한 책임 소재에 기인하는 경우가 많습니다. 그래서 자신이 결정한 것과 이행한 것의 근거를 만들어 놓는 것, 즉 기록을 남기는 것은 조직과 사회의 투명성을 확보하는 좋은 수단이며 기본 원칙입니다.

다행히 오늘날 디지털 환경은 성공과 실패의 과정을 투명하게 그리고 체계적으로 남길 수 있는 환경을 제공합니다. 그러나 디지털의 편의성 이면에는 디지털 기록의 보존과 보호가 점점 어려워지고, 사람이 의도한 대로 조작과 삭제가 용이하다는 속성으로 인해 적절한 규제 수단이 없으면 오히려 더 위험할 수 있다는 문제가 있습니다.

이러한 문제의 원인도 IT 기술의 빠른 발전에 있습니다. 디지털은 IT 기술 환경에 의존할 수밖에 없고, IT 환경의 변화는 디지털 기록의 가독성(readability)과 진본성을 유지하기 어렵게 만듭니다. 디지털 기록의 이 취약성이 영구보존이라는 개념을 무색하게 만들고 축적을 어렵게 해서, 어느 날 갑자기 인류의 기억이 모조리 사라질 수 있다는 극단의 상상도 가능하게 만듭니다. 또한 편집과 삭제가 쉽다는 디지털의 속성으로 인해 정보 생산 능력은 배가되었지만, 개인과 조직의 정보 보호 정책과 기준은 더욱 엄격하게 요구되고 있습니다.

이제 아카이브는 종이 시대의, 기록 생산자들이 주는 대로 받아 보관하면 되는 수동적 공간이 더 이상 아닙니다. 알파고 이후 시대의 아카이브는 미래의 재창조와 조직의 정당성 확보를 위해 필요한 경험자원이 종합적으로 축적되는 곳이어야 합니다. 국제표준에서 조직의 성과와 위기관리에 '아카이빙과의 연계'를 요건으로 제시하고 있는 것은 이 때문입니다. 이를 위해서는 모든 업무 프로세스와 성과물 생산과정에 '기록화(documentation)'와 '축적(archiving)'을 위한 체계를 구축할 것을 유도하고, 영역마다 자신들의 미션에 부합하는 정보 보호 정책을 수립해야 합니다. 정부의 빅데이터 구축은 바로 이러한 제도적인 틀을 마련하는 것에서부터 시작해야 합니다. 빅데이터의 문제는 데이터 자체나 시스템의 문제라기보다 데이터 생성 프로세스의 문제이기 때문입니다.

기록 축적과 아카이브 산업
—네이버, 삼성 그리고 구글

국가기록원에서 기록정책부장으로 일하던 2016년은 좀 특별한 경험으로 힘들었지만 나름대로 의미 있는 시간이었습니다. 늦깎이 '어공'이 되어 이제 막 정부 시스템과 공무원 문화에 익숙해질 시기에 맡은 대규모 국제행사는 새로운 도전이었고 시험대였습니다. 국제기록협의회(International Council on Archives, ICA)라는 기구가 올림픽처럼 4년마다 세계 나라별로 돌아가면서 개최하는 '세계기록총회' 콘퍼런스가 그것입니다.

그해 2016 세계기록총회는 서울 코엑스에서 9월 5일부터 10일까지 일주일간 '기록(Archives)'이라는 주제로 개최될 예정이었습니다. 국내외에서 약 2천 명 정도의 인원이 참가해 수백 건씩 학술발표와 전시회가 이루어지는 대형 프로젝트이다 보니, 비용과 인력도 문제지만 책상에 앉아 행정 중심 업무만 하던 공무원들이 감당하기에는 벅찬 일들이 많았습니다.

사실 정부가 주관하는 행사는 예산상의 문제로 인해 행사 자체의 목적보다 '예산'에 행사를 맞추는 경향이 있습니다. 정부에서 주최하는 행사가 대부분 무미건조하고 재미없는 것은 바로 이 때문입니다. 행사에 필요한 예산과 시간을 아끼느라 외주 대신 자체 진행을 하게 되어서 행사의 모든 과정마다 직접 발로 뛰어다니면서 과제를 해결하다 보니 시행착오의 연속이었습니다. 하지만 아직 일반에게는 생소한 '기록'이라는 개념을 사회 전반에 알릴 수 있는 절호의 찬스였고, 더구나 IT 시대에 인류의 새로운 과제인 '디지털 시대의 기록'이라는 이슈를 부각시킬 수 있는 좋은 기회였습니다. 인류의 모든 소통 수단이 디지털로 바뀌었는데 그 과정에서 생산되는 기록을 어떻게 남기고 보존하는가 하는 문제는 만국 공통의 과제이기 때문입니다. 더구나 국내에서 열리는 콘퍼런스인 만큼 우리나라의 전통 기록문화와 발전된 디지털 기록행정 체계를 알릴 수 있는 기회가 될 테니 어떤 어려움과 한계라도 감수할 가치가 있었습니다.

대부분의 대규모 국제 학술행사는 개·폐막식과 기구 회의(총회, 집행위원회 등), 학술회의, 부대행사 등으로 구성됩니다. 학술행사이니만큼 다양한 주제가 발표되고 많은 전문가가 참석하는 것이 매우 중요합니다. 그러나 학술 주제는 주로 관련 분야 전문가들과 학생들의 영역이고, 그보다 개막식에 어떤 VIP가 참여하느냐, 기조연설자는 누구냐 같은 것들이 일반의 주된 관심과 이슈가 되는 게 보통입니다. 행사 주제에 관해 언론과 일반인들의 관심을 끌어내기 위해서는 부대 산업전시회의 규모와 참여 기관의 지명도도 매우 중요합니다. 사실 해외 콘퍼런스를 다녀 보면 디지털 분야의 새로운 기술과 현장 적용 사례에 관해서는 딱딱한 학술발표보다 산업전시회에서 더 많은 정보를 얻는 경우가 많은 것도 사실입니다.

우리는 전시 참여 대상으로 세계적인 전자기업 삼성전자와 국내 최대의 인터넷 포털 기업 네이버, 그리고 세계적인 빅테크 기업 구글을 1차 섭외 명단에 올렸습니다. 우여곡절 끝에 고맙게도 세 기업 모두 참여해 주었지만 그 과정은 참으로 어렵고 험난했습니다.

처음 그 기업들의 홍보팀을 접촉하면서 이 시도가 얼마나 비현실적인 것이었는지를 깨달을 수 있었습니다. 우선 각 기업에 기조연설과 산업전시회에 모두 참여할 것을 제안하고, '축적 체계(archives)'에 대한 각 기업의 경험과 철학에 대한 발표를 요청했습니다. 세 기업 모두 워낙 큰 기업이과 그들이 과연 '기록'이라는 생소한 분야에 참여해 줄지 의문이었지만 그저 시도라도 해보자고 시작한 일이었는데, 막상 해당 기업들과 부딪치면서 경험한 '찬밥' 대우는 생각보다 컸습니다. 외국 기업인 구글 말고 국내 기업들인 삼성전자와 네이버에게 기록이니 축적이니 하는 주제는 귀신 씻나락 까먹는 소리에 지나지 않았기 때문입니다. 우리나라에서 기록과 아카이브라는 주제는 그만큼 생소하고 하찮게 여겨지는 게 현실이었습니다. 기록물관리법이 제정된 지 오래되었고 사회 전체가 디지털로 굴러가는 시대에 그 디지털 데이터와 기록들을 어떻게 생산하고 보존할 것인가는 단순히 기록 전문가들만의 고민거리가 아닌데 왜들 그렇게 관심이 없는지 답답했지만, 오히려 그런 현실이 산업전시회를 담당한 직원들을 더 강하게 만들어 주었습니다.

삼성전자를 섭외하면서 겪은 에피소드입니다. 삼성전자는 정말 거대한 기업이었습니다. 정부 주관의 국제 콘퍼런스 참가를 섭외하기 위해 삼성 내 다양한 조직과 사람들을 돌아가면서 만나야 했는데, 그들을 만날 때마다 똑같은 이야기를 반복해야 했습니다. 세계적인 반도체 기술을 보유하고 첨단 전자기기를 만들어 내는 자신들만의 노하우를 어떻게 축적해 왔고, 또 극심해져 가는 국제 경쟁에서 어떻게 이겨 나갈지 그 전략을 '축적'이라는 관점에서 소개해 달라고 부탁했는데, 만난 분들이 주로 마케팅 담당자들이어서였는지 그들은 축적에 대한 관심 자체가 없었습니다. 서울대 이정동 교수 등이 쓴 『축적의 시간』이라는 책을 통해 당시 이미 학계는 물론 기업에서도 축적이 이슈가 되던 상황이라 큰 문제 없을 것이라 생각하고 접근했는데, 삼성 실무자들(마케팅 담당자들)의 무관심하다 못해 냉담한 태도는 실망스러웠습니다. 회사가 설립된 후 발전해 오는 동안 겪은 시행착오들이 어떤 형태로 남아 있으며, 어떤 방식으로 운영 시스템에 축적되어 기업의 지식으로 전환되고 있는지 듣고 싶었지만 결국 포기해야 했습니다. 다만 삼성 내부 직원들이 업무 과정에서 아이디어를 공유하는 '지식관리 시스템'을 소개하는 정도에서 합의를 보았습니다. 다행히 세계 각지에서 온 기록 전문가들에게 삼성이라는 브랜드 자체가 충분히 흥미를 제공했고, 소개 자료도 전문가들의 주목과 찬사를 받을 수 있어서 회사의 브랜드 파워를 실감하는 기회가 되었습니다.

네이버는 더 심각했습니다. 사실은 네이버는 섭외 자체가 불가능했습니다. 정부 행사나 외부 행사 관련 담당 조직과 사람을 찾는 데만

족히 한 달은 걸린 것 같습니다. 이 부서로 연락하면 저 부서로 하라, 저 부서로 연락하면 다시 이 부서로 하라, 그렇게 여러 날 동안 탁구공 신세가 되어 오락가락해야 했습니다. 한편 생각하면 정부가 무슨 행사를 할 때마다 협조를 부탁하고, 그때마다 보이지 않는 팔 비틀기를 당해야 하는 기업으로서는 당연한 반응일지도 모릅니다. 하물며 정부 기관 중에서도 부처의 하부 소속기관에 불과한 국가기록원이라는 조직이 그들에게 그다지 반갑지도 않았을 겁니다. 하지만 그 가운데도 나름의 소득은 있었습니다. 어느 대학 교수님의 소개로 네이버의 한 자회사 홍보팀장을 만나서 알게 된 사실인데, 포털의 뉴스나 블로그 등의 검색 순위를 상위로 올리는 방법이 따로 있다는 것이었습니다. 포털 화면의 광고비가 위치와 이미지 크기에 따라 크게는 몇억 원씩 차이가 난다는 것도 그때 알았습니다. 덕분에 행사 직전에 직원 두 명이 앉아서 하루 종일 키워드 검색에 총회 행사명을 두들겨서 검색어 상위에 랭크되는 '성과'도 몇 번 거둘 수 있었습니다.

결과적으로 네이버는 산업전시회에는 들어오지 않았습니다. 자신들은 기록이나 아카이브와는 관계없는 회사이고 보여 줄 게 없다는 이유였습니다. 다만 세계적인 빅테크 기업 구글이 참여한다는 소식에 자극이 되었는지, 전시회 참여 대신 포털 화면에 행사 로고 마크를 홍보해 주기로 하고, 당시 부사장(이분이 나중에 보니 문재인 정부의 청와대 대변인으로 나와서 깜짝 놀란 기억이 납니다)이 기조연설을 해 주기로 했습니다. 아직도 네이버는 자신들이 하는 일, 즉 언론사의 각종 뉴스 기사들을 모아서 보여 주고 동네 피부과와 미용실 정보까지 지식이라는 이름으로

포털에 담아 제공하면서 수익을 내는 것이 바로 '아카이브 지식사업'
이라는 것을 아는지 모르는지 궁금합니다.

　마지막으로, 해외 기업인 구글은 한마디로 심플했습니다. 그들은
기록이나 아카이브에 대한 인식부터가 삼성이나 네이버와 확연히 달
랐습니다. 행사의 규모와 참석자 범위 그리고 주제를 들어 보더니 팀
장이 그 자리에서 오케이 하면서, 최종 확정까지 본사 확인을 위한 하
루이틀 정도의 시간만 달라고 요청했습니다. 구글이 그렇게 빨리 결정
한 이유는 간단합니다. '우리가 하는 사업이 곧 아카이브 사업이다. 전
세계 국가기록원장들을 모으는 일은 우리가 돈을 들여서도 하기 힘든
일이다. 더구나 기록 분야 전문가 2천여 명이 모이는 자리에서 우리의
기업 철학과 상품을 소개할 수 있다면 마다할 이유가 없지 않은가' 하
는 생각에서였습니다. 우리는 보통 구글을 IT 기업으로 분류하지만,
그들은 자기네 업종을 '콘텐츠 아카이브 사업'으로 정의하고, '축적을
통해 기업의 이익을 창출하는 것'이라고 설명합니다.

　삼성, 네이버, 구글 모두 저희가 만나고 접촉한 사람들은 다 한국인
들이었습니다. 같은 한국 사람들인데 가지고 있는 지식이나 관점이 그
렇게 다를 수 있다는 게 좀 아이러니하기도 했습니다. 사람의 생각은 결
국 자신이 속한 조직의 철학과 비전과 미션에 따라 만들어지나 봅니다.

정보와 지식이 사회의 중요한 동력이 되는 사회구조는 갈수록 강화될
것입니다. 우리 사회도 인터넷 포털이나 주류 미디어들이 정치, 경제,
문화 모든 분야 이슈들을 결정하고, 사람들의 사고와 행동 방식에 영

향을 끼치고 있습니다. 그 힘은 결국 사람들이 올려 주는 데이터와 정보들이 모여서 만들어집니다. 그렇게 모인 정보들이 바로 아카이브입니다. 오늘날 아카이브야말로 가장 가치 있는 자산입니다.

미디어 시대의 디지털 리터러시

'선진국 클럽'인 경제협력개발기구(OECD)의 2018년 '피사(PISA) 평가'[3]에서, 우리나라 청소년들의 '읽기 능력'은 OECD국가 중 2~7위인데 '디지털 정보 신뢰성 평가 능력'은 꼴찌로 나타났습니다. 특히 '정보 편향 판단 교육'도 평균 이하[4]인 게 눈에 띄었습니다.

　정보 편향 판단 교육이 중요한 이유에 대해 OECD는 이렇게 말하고 있습니다.

　"인터넷 덕분에 누구나 언론인이나 발행인이 될 수 있지만, 정보의 참과 거짓을 명확하게 구분하기 어려워졌다. 21세기의 새 문해력은 지식을 스스로 구축하고 검증하는 능력이며, 정보의 신뢰성 판단이 문해력의 핵심이다."

---

3 OECD가 만 15세 청소년들을 대상으로 3년마다 실시하는 국제학업성취도평가(Programme for International Student Assessment). 실제 생활에 필요한 읽기, 수학, 과학 지식과 스킬을 구사하는 능력을 측정하여 발표한다. 평가 순위는 평가점수 오차를 고려하여 범위로 산출한다(www.oecd.org/pisa/).

4 "피싱메일 몰라?… 한국 청소년 '디지털 문해력' OECD 바닥 '충격'", 한겨레 2021. 5. 16.

'문해력', 즉 리터러시(literacy)란 글을 읽고 쓸 줄 아는 상태나 능력을 뜻합니다. 그런데 디지털 시대의 리터러시[5] 개념은 단순히 읽고 쓰는 능력에다가 '거짓과 진실을 판단하는 능력'까지 포함하는 등 보다 확장된 개념으로 변화했습니다.

IT 기술이 이끄는 디지털 정보사회는 인간의 소통과 행동에 획기적인 변화를 가져다주었습니다. 앨빈 토플러가 예견한 것처럼 첨단 전자통신 기술의 발전 덕분에 인류는 한 번도 경험하지 못한 엄청난 양의 정보와 지식의 바다에서 살아가게 되었고, 공간과 시간을 초월케 하는 IT 기술은 글로벌 사회화를 촉진했습니다. 이러한 변화로 인해 우리의 생활 방식, 직업윤리, 경제 구조, 정치적 사고 등 삶의 개념은 새로운 패러다임으로 전환되었습니다. 이 모든 변화는 결국 정보와 지식의 생산과 유통 환경의 변화에서 비롯된 것이라 할 수 있습니다.

정보는 인간이 삶을 살아가는 데 필수불가결한 요소입니다. 인간은 자신이 획득한 정보를 통해 사회적, 문화적 맥락과 규범을 이해하고, 도전할 목표를 정하고, 위험한 대상을 식별하고, 공동체와 사회의 구성원으로서의 인식, 즉 시민의식을 깨우쳐 갑니다. 지금은 이 정보와 지식을 습득하는 도구와 방식이 획기적으로 바뀌었고, 그 도구와 방식도 하루가 다르게 급변하는 시대입니다. IT와 디지털 기술의 발전으로 세상은 정보와 지식의 바다를 혜택으로 받았지만, 그 혜택을

---

5 디지털 리터러시(digital literacy, 디지털 문해력)는 디지털 플랫폼의 다양한 미디어를 접하면서 명확한 정보를 찾고, 평가하고, 조합하는 개인의 능력을 뜻한다(위키피디아 한국판, '디지털 리터러시').

누구나 공평하게 누릴 수 있는 것은 아닙니다. 일단 기기에 대한 접근성과 웹 접근성 등, IT와 디지털 기술의 변화를 주도하거나 쉽게 따라가는 사람과 미처 따라가지 못하는 사람의 정보 역량에 차이가 발생하게 되었습니다. 사람마다 가진 정보가 다르니 생각이 달라지고 사회 갈등이 증가하며, 결국 사회적 격리와 소득 격차로 연결되어 궁극적으로 사회 통합을 저해하는 요소로 작용하게 됩니다.

정보화 시대 초기인 1990년대만 해도 정보 격차는 주로 디지털 기기나 디지털 형식의 파일에 접근하기 어려운 장애인이나 고령층 등 취약 계층에 국한된 문제였습니다. 그러나 노트북이나 스마트폰이 전 국민에게 보급되고 사회 전반의 소통이 미디어와 인터넷 포털을 통해 이루어지면서 훨씬 복잡한 문제들이 나오기 시작했습니다. 사이버 및 인터넷 중독에서부터 사이버폭력, 개인 정보 보호 등의 문제가 사회적 이슈로 등장했고, 사회는 이제까지 우리가 의존하던 규범과 방식으로 제어하기 어려워지고 있습니다. 한편 미디어와 인터넷 포털은 쏟아져 나오는 정보를 대신 축적해 주고 수많은 정보를 적절하게 분류해서 쓰기 좋도록 전달해 주는 매우 유용한 도구이고, 우리 삶에 중요한 기반이 됩니다. 그러나 인간이 만든 모든 것에는 양면이 있듯이 미디어와 포털도 약점을 가지고 있어서, 제대로 사용하지 않으면 사회 전체와 우리 자신을 해칠 수 있습니다. 그런 측면에서 디지털 미디어의 특성을 정확하게 이해할 필요가 있습니다.

첫째, 디지털과 미디어는 엄청난 양의 정보를 축적할 수 있습니다. 그러나 축적이 특정 방향으로 편향되어 이루어지거나 양적으로 밀어

붙이면 소수의 의견이 묵살되고 다양한 의견과 이론이 제시될 여지가 사라진다는 문제가 있습니다. 개인별로 혹은 그룹별로 축적된 정보의 편향성은 '선택적 정보 편취'라는 현상을 초래하여 사회적으로 큰 문제가 됩니다. 인간은 자기에게 유리하거나 취향에 맞는 정보만 취하려 하게 마련인데, 그 정도가 심해지면 확증 편향에 빠지게 됩니다. 편향된 정보가 쌓이면 사람들 사이에 견고한 울타리가 만들어지고, 이 간격(gap)이 커지면 마치 갈라파고스처럼 고립됩니다. 우리 사회에는 이미 이런 현상이 심각하게 나타나고 있습니다.

둘째, 디지털 미디어의 감성 능력과 이중성 문제입니다. 디지털 기술은 '거짓'을 화려한 이미지와 영상으로 치장해서 사람들을 현혹합니다. 구차하고 초라한 텍스트와 맥락을 통해 전달되는 '진실'은 설 자리가 없어집니다. '팩트'란 많은 경우 무미건조하고 따분하기 십상입니다. 화려함으로 경쟁하는 미디어의 속성상 따분한 팩트만으로 사람들의 관심과 공감을 얻어 내기란 쉽지 않습니다. 그래서 대부분의 정보 생산자들은 팩트에 '감성'을 입히고 '이미지'를 덧칠해서 사람들의 공감을 끌어내려 노력합니다. 그래서 현대 미디어 시대를 살아가는 우리에게는 팩트의 왜곡 여부를 판단하는 능력, 즉 리터러시가 더더욱 필요합니다. 리터러시가 없는 사회에서는 왜곡된 거짓이 공감을 얻고, 공감대가 확산되면서 거짓이 진실이 되고 불법이 정의로 둔갑하는 일이 시도 때도 없이 일어납니다.

셋째, 디지털 미디어의 불투명성 문제입니다. 일반인들은 디지털의 작동 논리를 투명하게 들여다볼 수 없다는 데 허점이 있습니다. 디지털 미디어는 '내용'과 그 내용을 담는 '구조', 그리고 그 내용이 만들어 지기까지의 경위를 담은 '맥락' 정보로 구성됩니다. 그런데 우리 눈에 보이는 것은 '내용'뿐이고, 그 내용의 진위는 눈에 보이지 않는 '구조'와 '맥락' 정보를 통해서만 입증할 수 있습니다. 디지털 미디어의 구조와 맥락은 '포렌식'이라는 일종의 컴퓨터 해부 절차를 통해서만 명확히 판명됩니다. 진실은 미미한 팩트의 퍼즐 조각들이 모여서 전체 모양이 나와야 겨우 드러나는데, 그러기까지 많은 시간과 노력이 필요함은 말할 것도 없습니다. 이렇게 태생적으로 진실이 드러나기 어려운 구조로 되어 있는 디지털 미디어를 잘 통제하고 제대로 활용하지 않으면 개인 간, 그룹 간의 정보 격차와 편향은 더욱 심화되고, 궁극적으로는 서로 다른 눈으로 세상을 보게 됩니다.

넷째, 오늘날 디지털과 미디어 기술이 새로운 권력으로 부상했다는 것입니다. 구글이나 네이버 같은 포털은 말 그대로 우리가 인터넷이라는 정보의 바다로 들어가기 위해 통과하는 대문(portal)입니다. 시장에 자릿세가 있는 것처럼 포털 화면에서도 위치마다 자릿값이 다릅니다. 메인 화면을 장식하는 소식일수록 보다 많은 사람에게 노출될 기회를 가집니다. 미디어의 단수형인 'medium'은 라틴어에 어원을 갖고, 그 뜻은 '중간자'입니다. 그리스, 로마 시대에는 신과 인간의 중간자로서 신의 계시를 인간에게 전달하는 '사제(司祭)'의 뜻으로도 쓰였다고 합니다. 발 없는 말이 천 리를 가던 옛날이나 대량의 정보를 빛의 속도로 확산시키는 오늘날이나 전달자의 역할은 중요합니다. 그러나 오늘날 첨단 기술을 가진 전달자들은 자신들의 기술을 이용해서 임의로 정보를 편집하고 대량의 데이터를 복제해서 민의와는 전혀 다른 세상의 뜻을 만들어 낼 수 있다는 게 문제입니다. 세간을 떠들 썩하게 한 '드루킹' 사건처럼 디지털 시대의 능력자는 의지만 있으면 미디어를 활용하여 인위적으로 '다수의 힘'을 만들고, 일부 의견을 사회 전체의 의견인 양 부풀려서 거짓의 프레임을 만들어 낼 수 있습니다. 언제 어디서나 소통이 가능한 디지털 시대에 예전보다 더 많은 갈등과 분열이 있는 것은 바로 이 때문입니다.

그래서 디지털 시대를 살아가는 데는 '디지털 리터러시'가 가장 중요한 역량입니다. 우리는 다른 사람의 말귀를 알아들을 학령기가 되면 학교에 가고 글을 읽는 교육을 받기 시작합니다. 그러나 미디어와 디지털 기반의 사회에서는 새로운 방식의 읽기 능력이 요구됩니다. 디지털 방식으로 디지털 기반의 정보를 습득, 생산, 유통할 수 있는 능력 이외에, 다양한 미디어에 접근해서 자신이 원하는 정보를 획득하거나 공유할 수 있는 능력이 필요합니다. 나아가, 정보의 출처와 신뢰성을 평가하고, 자신의 행적과 생각을 기록으로 남기기 위해서는 그에 합당한 지식과 노력이 필요합니다. 다양한 디지털 공간에 접근해서 효과적으로 의사소통을 하고, 하루가 다르게 변화해 가는 디지털 도구와 미디어 기술을 신속하게 습득하는 일은 사실 쉬운 일이 아닙니다. 한편 디지털 환경에서 디지털 정보의 익명성이 확산됨에 따라 거짓 정보의 양산을 부추기면서 인간의 존엄성과 타인에 대한 존중 및 자기 책임성을 저해하는 사례도 늘어난다는 것을 잊지 말아야 합니다. 따라서 디지털 리터러시는 단순히 개인의 문제가 아닙니다. 디지털 시대에는 법이 단순히 물리적 공간뿐만 아니라 디지털 공간에도 올바르게 적용될 수 있어야 합니다. 새로운 세상엔 새로운 규범, 새로운 관습이 필요합니다.

우리나라는 진작부터 자타 공인 IT 강국으로 세계 최강의 인터넷 보급률을 자랑합니다. 언제 어디서든 거리와 시간에 구애받지 않고 문자나 통화로 소통할 수 있고, SNS를 통해 수많은 사람들끼리 삶의 일부를 공유하며 살아갑니다. 그러나 사람들은 오히려 예전보다 더 고립되어 가는 듯 보입니다. 더욱 큰 문제는, 우리가 다 같이 대한민국이라는 공간에서 살아가면서도 언젠가부터 대한민국의 헌법과 자유민주주의와 시장경제를 더 이상 최고의 가치로 여기지 않는다는 것입니다. 가치관을 잃어버린 사회는 혼란스러워지고 갈팡질팡 흔들릴 수밖에 없습니다. 왜 이런 상황이 되었을까요? 여러 가지 이유가 있겠지만 결국 그 디지털과 미디어가 만들어 내는 문제들에 적절히 대비하지 못한 상태에서 너무 빨리 디지털 사회로 진입했기 때문은 아닐까 생각해 봅니다.

2001년부터 「정보격차 해소에 관한 법률」이 시행되고 있습니다. 이 법은 그동안 주로 장애인과 노인 등 정보 접근이 어려운 사람들의 정보 격차 해소에 집중해 왔습니다. 그러나 오늘날 정보 격차 문제는 나이와 장애 유무를 구분하지 않습니다. 디지털 기기를 얼마나 잘 이용할 수 있는가도 중요하지만, 세상에 차고 넘치는 정보가 오히려 개인과 사회에 독이 되지 않도록 하는 일은 더욱 중요합니다. 따라서 디지털 능력을 가진 누군가의 의도에 따라 사회가 흔들리지 않도록 정부는 미디어의 투명성 확보를 위한 제도적 장치를 마련하고 사회적 인식을 개선하기 위해 노력해야 합니다. 세상은 이미 물리적 공간과 가상공간의 구분이 애매해졌습니다. 물리적 공간과 디지털 가상공간이 동시에 작동하는 세상이라는 말입니다. 같은 듯 다른 두 개의 공간에서 사람들이 살아가기 위해서는 이런 세상에 부합하는 규범과 정책이 준비되어야 합니다.

또 한 가지, 디지털이 만들어 내는 프레임에 갇히지 않고 각자의 생각과 철학을 표현할 수 있으려면, 디지털 공간에서 개인의 자유가 제도적으로나 문화적으로나 보장되어야 합니다. 예전에는 정부의 공권력과 조직의 위계에 의해 사회가 통제되었지만, 디지털 시대에는 대형 미디어와 인터넷 포털 그룹이 그런 힘을 갖고 있습니다. 이미 세상은 그런 능력자들에게 기뻐하고 슬퍼해야 하는 대상과 방법까지 강요받는 세상이 되었습니다.

세상의 위대한 변화는 대부분 막강한 조직이나 집단이 아니라 '깨어 있는 개인'으로부터 시작되었습니다. 인류 역사와 가치관의 한 축을 이끌어 온 성경을 기록한 저자들도 개인이었습니다. 디지털 시대의 허상과 거짓 이미지를 꿰뚫어 보고 진실의 역사를 새롭게 만들어 가기 위해서는 '깨어 있는 한 사람'이 필요합니다. 디지털이 그런 한 사람 한 사람의 생각들이 모이고, 자유와 진실의 가치가 공유되고 확산되는 데 기여하는 도구가 되기를 희망합니다.

자유, 진실 그리고 기록

강규형(명지대 교수, 현대사)

디지털 시대에 새로운 권력과 미디어가 사실을 감추거나 왜곡하고 인간의 광기를 부추기고 있다. 과거에도 때로 '진실'이 가려지기도 했지만, 이제는 사실(팩트fact)과 거짓을 구분하기 더 어려워지고 사람들 각자의 소견과 주장이 갈등으로 뒤얽혀 사회의 간격은 더욱 커지고 있다. 준비 없이 뛰어든 디지털 세상에서 공동체의 가치관은 사라지고 진리와 사실을 밝히려는 사람들의 목소리는 사그라져 간다.

'자유'와 '진실'은 인간을 인간답게 하는 가치이고 세상을 이끌어가는 기준이다. 그리고 기록은 '진실'을 증명할 수 있을 때 이러한 가치와 기준을 보존할 수 있다. 저자는 기록관리 분야에서 오랫동안 현장 경험을 쌓고 정책과 실무에서 영향력을 발휘해 온 전문가로서 디지털 시대의 사실과 기록을 어떻게 보존해야 하는지에 대해 고민해온 사람이다. 그는 진실이 왜곡된 우리 사회의 현상을 보면서 우리 사회의 시스템이 디지털 시대에 걸맞은 제도와 절차를 갖추지 못했음을 안타까워하며 대안을 제시하고 있다. 사회의 미래와 시대정신에 관심이 있는 이들이 읽어야 할 책이다.

광기의 시대

발행일 초판 1쇄 발행 2022년 2월 15일

지은이 정기애
펴낸이 안병훈
펴낸곳 도서출판 기파랑
등록 2004년 12월 27일 제300-2004-204호
주소 서울시 종로구 대학로8가길 56(동숭동 1-49) 동숭빌딩 301호
전화 02)763-8996 편집부 02)3288-0077 영업마케팅부
팩스 02)763-8936
이메일 info@guiparang.com
홈페이지 www.guiparang.com

ISBN 978-89-6523-575-0 03810